U0548327

大雨将至

A Hard Rain's A−Gonna Fall

黄杰 作品

我第一次见到那个蓝色的小人儿是在一个晚上。

加栋没有回应。
刚上楼梯，母亲忽然撕心裂肺地尖叫了起来，手肘一甩就碰倒了加栋放在楼梯处的日记本。纸纷纷扬扬地飘了起来。

窗外有风刮过树叶发出轻微的声响，仔细听还能听见空气流动的声音，可是这些声音都不是直子刚醒来时听到的那阵声音。她记得她在哪里听过这样的响声，但具体是在什么时候，她想不起来了。

在街的尽头我又看见那个围着红色围巾、穿着黑色大衣的女孩儿。她在我的眼前从楼上跳下来，静止不动地躺在人群的围观之中，就像座雕塑。

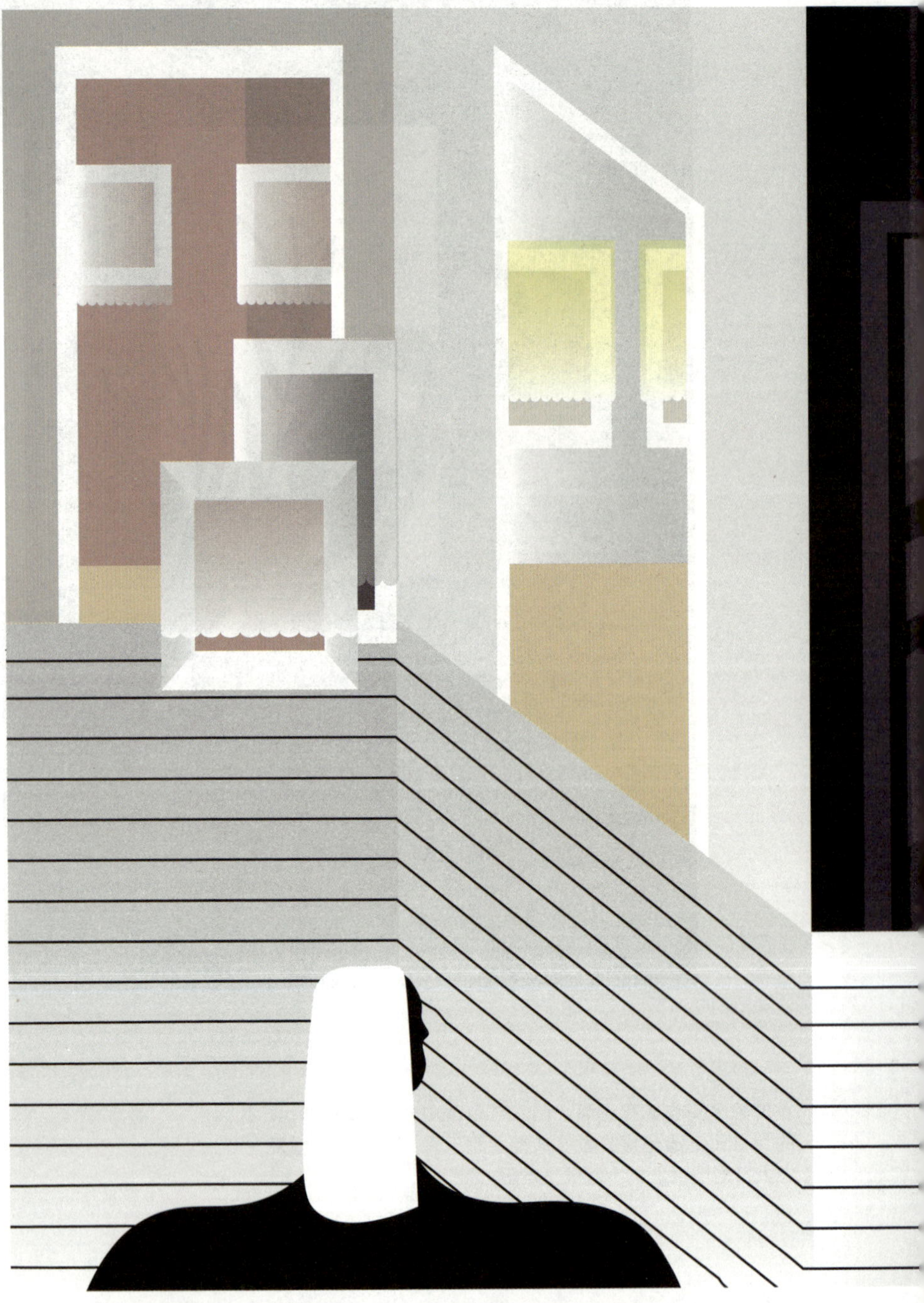

她把家里的几乎所有房间的门都敞开了,这些房间内都堆满了大大小小的画作,所有的画作都被盖上了白色的薄布,唯有一间房间的门是关着的。云龙小心翼翼地打开这个门,随即便被房间内的景象吓了一跳。房间内的墙壁被涂上了黑色的油彩,靠窗户的那面墙上挂着一幅画,大小刚好遮挡住窗户。因为光线太暗,整幅画显得有点模糊,隐约间只能看见一团黄色。

我所期待的彩虹，到头来只是一场大雨。

序 / 让我们来期待彩虹

写小说到现在也有将近十年的时间，在这十年的时间里，我也不止一次地询问自己：写小说，是为了什么？

记得开始写的第一篇小说是描写乞丐生活的。那时候是看到了一个新闻报道讲述了乞丐这个群体，内心受到了撼动，连续几天，脑子里一直回想的是这样的一群人，想他们是怎么样度过冬天，《雾都》这篇小说就是这样促成的。小说以主人公做了个梦作为结尾，醒来依然是冰冷的人间。

后来，我就知道了，我所想的这些都只是为了借助一种符号的形式，将自己所有的精神和想法落地。我们都知道，每一具体的文学创造的发生阶段，创作动机的触发与外在环境有着密切的关系。作品反应的是社会，核心还是"人"，只是这世界可能是客观的世界，也可能是主观上被扭曲的世界，但这样的世界又何尝不是另外一个真实的世界。

我们生活在一个真实的社会中，我们在漫长的一生中会见过和经历各种各样的事情，而很多事情如鲠在喉难以消化，压在自己的心里。而文学创作就提供了一个这样的契机，让人把这些焦躁不安的、难以释怀的情绪进行艺术的加工，呈现出一个属于创作者的世界。无论是短篇小说集中的《四号旅馆》还是《人间天堂》，所讲述的都是人在追求自己的欲望过程中发生的种种事端。在加工的过程中，我们发现任何事情都没有我们所想象的那么简单，它的背后有着一条因果链，我们难以去可怜谁或是同情谁，因为每个人都是一个真实存在于世间的人。

小说《人间天堂》和《雪下了一夜》讲述的是两个阶层之间的斗争，以及人与生存之间的矛盾。小说《雪下了一夜》的结尾，主人公选择用自己的方式保护了家庭的完整性。当然这个完整只是主人公自己所认为的，并不是真正的完整。这篇小说的创作灵感来源于一个新闻。曾有看过这篇小说的人说其太过阴暗，可是真实的事例并不是这么简单。所以我将此进行进一步处理，表现人在极端环境下，在现实和理想间的抉择。但是我所相信的是，主人公在另一个世界，应该还在坚持着自己的梦想，用自己极其微弱的力量去保护这个家庭。

所以，再到后来，我知道写小说于我意味着给自己的生活创造一些美。它是我的一种情感体验方式。符号论美学家苏珊·朗格在她一系列的著作中指出，艺术乃是象征着人类情感的形式之创造。英国美学家科林伍德也说，艺术是在想象中表现自己的情感，真正的艺术就是情感的表现。小说《声音》《八月之夜》和《时光记》应该是很多人生活的折射，关于生活中的分离和有意的躲避。虽然《时光记》和《八月之夜》里充满了各种意象的铺叠，但那些意象都是人在走投无路中的寄托，它们是真实存在的，只要你用心去想，去体会，你是能感知到它们的存在的，因为它们的身上遗留着记忆。我们都知道，总会有一些人陪你完成很多有意义的事情，但没有任何一个人可以一直陪着你走到最后，就像是大雨终会停止，而生命的追求和意义就是我们所期待的彩虹。

最后，谨将这本书献给正在努力生活的各位。希望向上向善的你们，一路坚持下去，为的是不被这个世界改变，为的是给自己的生活带来一丝彩虹。

目 录

声　音	1
四号旅馆	21
八月之夜	61
人间天堂	89
雪下了一夜	115
停电之夜	135
下雨的眼睛	151
时光记	173
十字路口	193
月落乌啼	217

声音

她的心里变得空落落的,就像是被什么捅了一个洞。她觉得无助极了,再也没有比这种无助和被自己亲手毁灭希望更大的悲伤了。你不得不接受它,而最后那对世界的希望越大,心里的空洞就越大,那些无助都被放大了无数倍,心里的绝望就会越变越大。

直子在半夜忽然睁开眼睛。

窗户上树枝的影子像带子一样来回晃动，就是在这个时候她听见了一阵声音，砰、砰、砰，缓慢又沉重。直子从床上坐起来，努力地想要辨别出这阵响声来自哪里。

窗外有风刮过树叶发出轻微的声响，仔细听还能听见空气流动的声音，可是这些声音都不是直子刚醒来时听到的那阵声音。她记得她在哪里听过这样的响声，但具体是在什么时候，她想不起来了。直子起身，打开纱窗，有风透进来，还有桂花香。直子想起家里的院子里也种着桂花树，每年秋季，空气里弥漫的尽是这种香味。

再过十天就是九月了，该回去一趟了。

直子躺回床上，重新沉入了睡眠。梦境里似乎又响起了那种奇怪的声音，不过直子没有醒过来。

第二天一大早母亲就打来电话。

"直子，后天你回来吗？"母亲说。

"嗯，我会回去。"直子还没睡醒，半睁着眼睛回答。窗外已陆陆续续响起了各种嘈杂的声音。

"今天，外面有太阳，我把你的被子拿出去晒了，到时候你回来就可以直接睡了。"

母亲那边传来了噼里啪啦的炸裂声，母亲应该是在煎鸡蛋。想到这里，直子忽然就清醒过来了，似乎都能闻到鸡蛋香。

过了一会儿，直子问："妈妈，家里的桂花树开花了吗？"

"你等一下，我看看。"说完，直子听见母亲推门的声音。"快了，往年的这个时候都已经开了，今年晚了些。"母亲的声音低低的。

"等我回去了应该就开花了吧。"直子说。

"嗯。"母亲在电话里应道，"直子，你再睡一会儿，然后记得起来吃饭哟。"

直子点了点头，忽然想到母亲看不见自己点头，于是又应了句："好的，我知道了。"

直子回家的时候是两天后的中午。直子并没有确切地告诉母亲自己到达的时间，所以到家的时候直子小心翼翼地开门，她想着母亲这时可能正在午睡。直子的房间里已经铺好了床。直子躺在床上，闻到一股香味，忽然她想起了桂花，于是起身去了院子里。

桂花树已经冒出了许多的花朵，一小簇一小簇的花丛幽幽地飘散出香味，香味不如往年浓厚，显然已经盛开好几天了。"母亲真是大意。"直子看着桂花笑着自语道。

院子里的这棵桂花树已有多年，直子记得在她还小的时候这棵桂花树就已经在院子里了。每年这个时候,父亲都会时不时地说一句:"桂花树好香呀,直子闻到香味了吗?"今年父亲都还没问她,她觉得心里有点儿空荡荡的,就像是有一个空洞。想到这儿的时候,直子靠近桂花树,双手抱住树干。树干清冽的味道深深地浸了直子的身体,直子把自己的脸靠在树干上,每呼吸一次空气,心里就满一些。

"直子回来啦。"母亲的声音在身后不远处响起来。

直子连忙松手,背对着母亲整理好自己的衣服。转过身的时候,母亲已经走到她的背后。母亲抬起头看着桂花树。"桂花什么时候都开了?"母亲疑惑地问。

"桂花都已经开了好多天了吧。"直子回答。

"直子怎么知道桂花开了好多天了?"母亲看着直子,伸手把直子额前的头发捋到耳朵后。

"树下都已经掉了一些花瓣了。"直子指了指地上。

母亲蹲下身子,捡起地上的桂花,凑近了看:"真是的,桂花都已经掉了,我却以为它还没开。"

"妈妈大意了吧。"直子笑着说。

"是啊,妈妈老了啊。"母亲站起身来,也跟着笑。

直子挽着母亲的胳膊进了屋子。已是秋天,有些风了。

一进屋,直子就进了卧室。母亲倒了两杯水。直子出来的时候,一只手背在后面。母亲将给直子倒的水递给直子,直子从背后拿出了一本书。

"喏,妈妈,这是我今年出的书。"直子把书递给母亲。母亲将手中的水杯放在了桌子上,用像是失去了水分的干枯的双手抚摸着直子的书的色彩艳丽的封面。

"直子真厉害,终于当作家了。"母亲以为只要出书了就是作家了。

直子故作无所谓地说:"这没有什么的,以后我会出更多的书。"

母亲不说话了,只是低着头。直子知道母亲在想什么,她搂着母亲的肩膀说:"我明天也给爸爸带一本过去。"

母亲用力地点点头:"你爸爸最想你当作家了。当年你第一次参加比赛的时候,还是你爸爸带着你去的呢。"

直子默然。

直子还在上学的时候,参加过一个文学比赛,原本只是抱着"试一试"的心态,谁知道竟入了围,还得去另外一个城市参加复赛。直子回家询问父亲的意见。直子到现在还记得父亲当时的神态。当时正在吃饭,直子告诉了父亲这个消息,父亲惊讶地抬起头看着直子,说:"为什么不去呢?"父亲是笑着问直子的,那个语气也并不像是在询问。父亲高兴得筷子都掉在了桌子上,他笑嘻嘻地说:"直子怎么不早说呢?"

去那个城市进行比赛的时候已经将近年底,火车没有卧铺票,只有硬座。那是直子第一次和父亲出远门,也是直子第一次坐火车。行至半夜,直子困得不行,直打哈欠。父亲看着直子,笑着说:"直子困了?"

直子点了点头。父亲朝窗户靠了靠,给直子腾出了一点儿地方:

"喏，困了，可以靠在爸爸的肩膀上睡觉。"父亲说完把原本放在怀里的外套垫在自己的肩膀上。直子木然地挪了挪身子，却没有靠上去。后来直子醒来的时候，发现自己靠在了父亲的肩膀上。父亲把头歪向另一边。透过窗户上的玻璃，直子看见父亲已经熟睡的面容；深入些看，面孔上嵌着邻座的桌子；再往后已是窗外路过的城市的高楼，父亲的影像越发地模糊了。直子正看得入神，忽然父亲动了动，直子也不知道为什么连忙将眼睛闭上，假装还在睡觉。父亲稍微斜了一下身子，看了一眼直子，将披在自己身上的外套轻轻地扯到了直子的身上。直子眯着眼睛看见父亲的眼睛弯成了桥。

直子觉得腿蜷久了麻得厉害，好在这时父亲歪过头又闭上眼睛，她轻轻地伸展了下双腿。窗外的景色昏暗一片，只有远山黛色的轮廓一座接着一座，伴随着火车哐当哐当的响声。

到达那个城市的时候已经是凌晨。父亲提前预订好了酒店。那是直子长那么大以来住的最好的酒店。直子在路上问："为什么要住这么好的酒店？"父亲说："哎呀，直子不用管这些，只要直子有一个好的精神状态去比赛就好了。"

在那个城市的那几天，直子和父亲大抵逛了什么，直子现在已经记不大清楚了。直子只记得父亲穿着一件红色的羽绒服。在风中，直子落在父亲的后面。直子拿着手机在拍周围的风景。忽然穿着红色羽绒服的父亲进入了手机内。父亲的背有些驼，红色的羽绒服紧紧地裹住父亲的身体，那是在火车上披在直子身上的衣服。父亲就在这时转过头来，直子迅速将手机移向别的地方，假装正在专心致志地拍风景。

"直子要不要和爸爸一起合张影？"父亲面对着直子笑着说。

"我才不要呢，有什么好合的？"直子装作一副毫不在乎的样子。

"哦。"父亲有点失落，他转过身的时候，直子看见父亲的头发都被风吹乱了。直子站在原地故意等父亲走了一截才慢慢开始挪动脚步。就是那件红色的羽绒服陪伴着直子走过了人生最重要的一步。颁奖的那天，直子并没有让父亲失望。当听到自己的名字时，直子静静地坐在座位上，倒是父亲站起身来看着直子，激动地鼓掌。讲话声、掌声淹没了父亲发出的声音。直子像是看着陌生人那样地看着父亲。父亲激动地给每个人报信，直到散会时，父亲仍在向人通知，言语、神态里满是骄傲和自豪。

回去的时候，只买到一张坐票和一张站票。父亲让直子坐着，自己站在直子的身边。回去的火车要行驶十几个小时。在火车上的那段十几个小时的旅途中，直子仰靠在椅背上睡着了。中途醒来的时候，父亲坐在地上，背靠着直子的座位睡着了。父亲双手抱身，把头埋进膝盖里，静静地蜷缩着。直子看着有点心酸，她从包里拿出一件外套想给父亲披上，父亲却醒了。

"直子醒了？"父亲问。

直子点了点头。过了一会儿，直子说："爸爸，要不你坐着睡一会儿？我坐得腰疼，起来站站。"

直子想要起身，却被父亲拉住了。"坐在椅子上我睡不着。"父亲说。

父亲在撒谎，来的时候父亲明明在椅子上睡着过。直子当然没有

声 音

把这句话说出口,只是说:"好。"没过多久,父亲又睡着了。父亲大概很累吧。父亲那卑微而又伟大的希冀大抵已经快把他的精力耗尽了。

"直子,你还记得吗?"母亲拍着直子的肩膀说。

直子没有说话,她不知道该说什么。她一口气把杯子里的水都喝完,然后抬起头看着天花板使劲儿地眨着眼睛。

"慢点喝,别呛到。"母亲在一旁说。

忽然直子笑出声:"是啊,爸爸最希望我成为作家了。"

母亲看着直子也笑了。

晚上直子在房间里收拾东西的时候,母亲进来了。母亲手里拿着一张画。"这是上次收拾你屋子的时候找到的。"母亲说。

直子从母亲的手里接过这张画,画上画的是一个女孩。直子对这张画有印象。

一年前父亲让她找东西的时候,她从父亲的箱子底翻出这张画。直子打开这张画,父亲忽然在背后笑了。直子回过头看着父亲,父亲从床上坐起来,背靠在床背上。

"爸爸,这个女孩是谁?"

"这个女孩就是直子呀,直子认不出来了吗?"父亲笑出声来,"拿过来给爸爸好好看看。"

直子走过去的时候,父亲往里靠了靠,他拍拍床示意直子坐在他身边。父亲看着那张画,又问了直子一遍:"直子真的认不出来这是直子小时候吗？"

"我早就忘记自己小时候长什么样子了。"直子不好意思地挠了挠头说。

"直子那个时候长得真可爱啊。"父亲又抿着嘴笑。

直子不知道为什么觉得心里暖暖的，于是盯着那张画看，想要找到自己当年的影子。

"直子那个时候又可爱又听话，可是现在直子长大啦，有自己的想法了。"父亲摸了摸直子的后脑勺，"时间过得真快，直子都这么大了。"

直子挪了挪身子，有点埋怨地说："爸爸不要摸了，头发都被弄乱了。"说罢，直子把马尾抓紧了点。父亲在一旁说："直子真是长大了。"

很奇怪的是，那个晚上直子做了个梦。梦里父亲在给直子画画像。直子还是个小女孩，耐不住性子一直坐在椅子上。每次她一动，父亲都要说："直子再坐一会儿，马上就好了。"直子就定住了。父亲说："直子真听话。"过了一会儿，直子又动，父亲又重复了一遍刚才的话，就这样折腾到傍晚，天空都暗了才把这幅画画完。

直子凑到父亲的跟前，看着纸上的自己——梳着马尾辫，水灵灵的眼睛，白色的裙子。"爸爸，这就是直子吗？"直子转过身睁大了眼睛望着父亲。

"对呀。爸爸画得不像吗？"

"像，直子就像是在拍照片。"直子咯咯地笑出声。父亲伸手刮了一下直子的脸颊："直子真可爱。"

忽然直子抬头看见窗外的天空绯红一片。"爸爸，你看。"直子指向窗外。

父亲抱着直子走到窗户边。整个天空仿若一朵盛开的花,花瓣一片紧挨着一片,盛开的声音在街道上游荡着。人们来来往往,偶尔有人抬头看了一下天空,又低下头。

"吃饭啦!"母亲在厨房里喊。父亲亲了一下直子的脸颊:"我们去吃饭。"

然后直子醒了,在黑夜中睁开眼睛,抿着嘴笑,就像是又重温一遍当时的情景。

"妈妈,这是小时候的我吧?"直子问母亲。

"直子还记得呀!"母亲语气有点惊讶。

"我当然记得了。原来我小时候就是长这个样子,这么可爱。"直子下意识里把自己的马尾辫抓得紧一点。

母亲慈祥地笑:"就是,直子小时候特别可爱,爸爸最喜欢抱着直子上街,还要和别人说:'你看我闺女可爱吗?长得和我多像!'"

直子和母亲谁都没有陷入回忆,两人很快地扯开了这个关于爸爸的话题。

"直子早点睡觉吧。"母亲起身,"明天还得去看你爸爸。"

"嗯。"直子说,"妈妈,明天我要吃煎鸡蛋。"

母亲刮了一下直子的脸颊:"好。"

直子愣了一下。

在母亲快出门的时候直子叫住了母亲:"妈妈,你能不能帮我绑下头发？乱糟糟的。"

母亲无奈又宠溺似的摇摇头，折身回去。

"这头发不是绑得很好吗？"

在母亲为直子绑头发的时候，直子忽然握住母亲的手。

"妈妈……"直子欲言又止。

"怎么了？"母亲把另一只手搭在直子的手上。

直子不说话了。过一会儿，直子对母亲说："妈妈你快去睡觉吧。"

当天晚上，直子又听到之前的那个晚上听到的那个声音，这次还有火车的声音。哐当哐当，砰、砰、砰，两种声音交织在一起，在直子睡梦中出现。直子醒来，耳朵里依然嗡嗡作响。她从床上爬起来，倚靠在床背，歪着头看窗外。

深夜充满潮气，远处的天空星星点点。一片片黑影下的一盏盏橙黄色的灯光，光晕一圈圈散开。有那么一瞬间，直子以为鸣声是从那些光里发出的。不过没多久，直子冷静下来想要再次确认的时候，却因自己奇怪的想法无奈地笑了笑，就在这时，她想起了一件往事。那件事仿若是潜藏在内心里的，当有一个触发点的时候，瞬间变成一个空洞，呼啦啦地吸卷内心的情感和失落。

在直子上高中的时候，一次在饭桌上，直子说："我今天才知道我们班的同学李以她爸爸原来是政府里面的一个领导。"父亲"嗯"了一声。这样的反应不是直子预先想到的。直子又说："我前桌那个，她妈妈也是个干部。"父亲忽然抬起头问了句："直子，你确定好要考哪个

声 音

大学了吗?"直子没好气地说了声:"还没呢,想考的好学校大家都说有黑幕。"父亲说:"那直子就要更努力了。"

　　直子也忘了当时是在埋怨父亲还是因为心理的落差,直子说:"爸爸,你怎么不是什么科长什么局长的啊?"父亲望着直子,没有说话,夹菜的筷子夹到一半就停在了半空中。父亲尴尬地笑了两声:"是啊,要是爸爸也是个领导,直子就轻松多了。"

　　"爸爸就知道说这些话,真没劲。"直子说完应付似的扒了两口饭就把饭碗放下,"我吃饱了。"随后就准备起身回屋。在快进卧室门的时候,父亲说:"直子还是快选择好学校吧。"

　　父亲并没有明白直子的真实想法——直子这样想的时候说:"爸爸,你什么都不懂。"

　　"爸爸没用了吧。"父亲说完又干瘪地笑了两声。直子也说不清楚那是一种什么样的语气,那声音就像是失去了弹性的、生锈的弹簧在空气中不停地压缩,再拉长,发出轻微的声响,逐渐地坠落到直子的心里,轻轻地敲着直子心里的某一块地方,慢慢地就碎了。大概那个时候,爸爸很伤心吧。

　　直子想到这儿的时候竟然嘤嘤地哭出声来。她滑进被子,用被子蒙住头,沉闷的空间,逐渐发热的空气就像在慢慢发酵。声音"砰、砰、砰"地响,直子不知道这些声音来自哪里,心里发慌得很,越哭越难过,于是捂住自己的嘴巴,紧紧地捂住,脸颊因为用力变得扭曲。

　　第二天天还是灰蒙蒙的时候,直子就醒了。直子口渴去客厅倒水,才意识到自己已经回家。她站在客厅朝四周看了一圈,忽然想看看母亲睡觉的样子。她轻轻地推开母亲房间的门，从开的一条小缝里看母亲。挨着床的那面墙壁上挂着一张母亲和父亲结婚时的照片。照片上两人都还年轻，意气风发。母亲的房里还残留着昨夜蚊香的味道。直子就这么静静地看了一会儿，正准备关上门的时候，她听见母亲的呻吟。母亲先是哼哼唧唧两声，直子把门缝缩得更小了；之后母亲在床上用双手托住自己的腰，轻微地挪动着，边揉搓边发出疼痛的呻吟。母亲揉搓自己的腰好一会儿，之后她用双肘支撑自己身体的重量准备起床。直子迅速地关上门，只听见床咯吱咯吱地发出声响，那声响就像是一只只虫子悄悄地爬进直子的身体里，直子心慌得很，回到自己的房间里蒙上被子，直子想要让自己忘记刚才的事。

直子躲在被窝儿里变得清醒得很，她专心地聆听着屋外的声音。在这静谧的早晨里，直子的耳朵越变越长，越变越尖，她就像是一只狐狸，竖起自己的耳朵听着外界的一切声音——开门的声音、水流的声音、母亲洗漱的声音、敲鸡蛋的声音、开火的声音、油在锅里噼里啪啦的声音，还有母亲把做好的鸡蛋摆放在桌上的声音。这时母亲推开直子的门。直子闭上眼睛。

"起来了。"母亲掀开直子的被子。

直子假装翻了个身子，眼睛在枕巾上擦过，然后再翻过身子对母亲说："好啦，我知道了，马上就起来。"

母亲无可奈何地笑了笑："都这么大的人了，还赖床。"直子听着这话觉得莫名的难过。

母亲一出门直子就翻过身子，眼睛盯着门看。直子也不知道自己在看什么，叹了一口气就起床。

直子洗漱完坐在餐桌上的时候，母亲已经把所有的饭菜都摆放好。直子说："好久没有吃到煎鸡蛋了。"

"都这么大的人了还跟个小孩子似的。"母亲说完往直子的碗里夹了一筷子菜，"多吃点，要不然待会儿没力气走路。"

直子奇怪：母亲一早上说的话开头都是"这么大的人了"。直子就想了一下，也没在意，快速地吃完饭就去屋里换衣服。今天她要和母亲去山里看父亲。在卧室换衣服的时候，直子看见窗外的桂花开得正浓，一小簇一小簇地拥挤似的都开了。直子走出房门的时候，母亲还在房间里，母亲站在俩人的照片前，一直摸着相框。直子迅速走到院子里，抬起头，大口地呼吸，然后在大门口朝里屋的母亲喊道："妈妈，快走吧。"

"唉。"母亲的声音有点颤抖。等直子调整好自己呼吸的时候，母亲也出来了。母亲穿着一身黑色的衣服。直子甚少见到母亲穿单色的衣服。

已近秋天，山上的景色已渐渐显露秋意，但山脚下的常青树还是一片绿意。拐过一个弯，许多树就只剩下一些枯枝败叶，但再往上就剩下秃树。地上铺满了一层厚厚的枯叶，人踩在上面，枯叶发出厚厚的声响，嘎吱嘎吱的声音在山谷里回响。人的脚印就这样深深地扎进了秋天里。

母亲肩扛着锄头，一路上埋头前进；直子手拿着镰刀落在后面。整个山头显得萧瑟一片。走到一片干枯蓬松的灌木丛时，母亲停下来歇息。直子快步走到母亲面前:"待会儿我拿锄头吧。"说罢直子伸手去拿。母亲挡住了:"没事,我自己拿。"母亲已经开始喘粗气。母亲站起来准备走,直子故意说:"再歇一会儿吧。"母亲点点头。

走到父亲所在的地方时,直子和母亲两人的额头上已冒出一层汗水。直子站住看了看四周,周边满是枯萎的草丛,茫茫的枯草已经盖住了父亲的墓碑,显得荒凉一片。母亲放下锄头,拿着直子手中的镰刀开始割墓碑前的枯草。母亲背对着直子弯着腰,没一会儿墓碑就露了出来。父亲的照片还在上面。照片因为覆了一层塑料膜,看起来就像父亲是真的在对直子笑一样。母亲忽然发出小声的啜泣。直子愣住了。母亲并没有回过头来,依旧在埋头割枯草,只是肩膀在轻微地耸动着,还有擤鼻涕的声音。

忽然母亲在一棵还长有绿叶的小树旁停住了。母亲抬起头看着那棵树,树枝上冒出些绿芽,有阳光打在上面,那颜色在枯黄色的掩蔽下变得更加深沉和凝重。

气氛变得肃穆而且庄重。母亲静静地坐在树下,停止低声的哭泣,仰着头,噙着泪,整个人就像是一座雕塑一样。一阵鸟叫声从空中划过,母亲抡起手中的镰刀拼命地向那棵小树砍去。树叶在颤动中沙沙作响,有些叶子慌忙掉落,就像是在飞翔中跌落的、即将烂掉的昆虫。

"妈妈!"直子喊母亲。母亲并没有回应她。

直子只好自己也拿着锄头锄着周边的草。

快到中午的时候,直子才和母亲把父亲墓碑周边的草清理干净。母亲在父亲的墓碑前点上两根蜡烛,点上两根香,摆上一些食物,还生了一堆火。直子把自己的书一页页地撕了扔在火里。

枯草发出轻微的声响；书页在金黄色的火焰中变得惨淡、松脆，好像在巨大的空虚中会瓦解、粉碎；空气在炙烤中变得沸腾，烟雾四处萦绕，呛得直子差点儿流泪。

直子想起某一天和今天非常相似，也是这样的一个天气，父亲被装进棺木里运到火葬场。青烟缭绕，那些烟雾飘散之后再也聚不回来。一直到父亲的棺木被降入地下，直子都没有哭。周围有亲戚讨论直子，母亲只是恶狠狠地骂着他们："我的女儿，用不着你们说！"在直子印象中，母亲很少发狠，但当时母亲发狠并没有掀起直子内心的波澜。直子看到的都是灰色的、麻木的世界。

"你爸爸走了一年了。"母亲站起来说。

直子点了点头。

"你也去拜拜他吧。"

直子就像是又回到了一年前，麻木机械地移动着自己的双脚，整个身子都像是被掏空了。直子双腿仿若灌铅似的沉重地砸在地上，盯着照片上的父亲发愣，一晃神似乎又看见父亲穿着他平时穿的那件黑色的长袖衬衫，站在直子的对面对着她笑。直子努力地牵动自己的嘴角，半天也动不了。她抬起手臂把手指伸进自己的嘴角，拉伸开来。直子终于有了笑容。

母亲在后面哭出声来。直子一听到声音，心就像是碎了的树叶。她是跪着走到母亲面前的。她抱住母亲的大腿，母亲弯腰垂头，哭得厉害。直子不知所措。

直子都忘记自己是在父亲走后多久才哭出眼泪的。并不是她哭不出来，只是她觉得自己心里空荡荡的，她始终不肯相信父亲已经走了。父亲的声音、父亲的样子、父亲的笑容、父亲那起茧的双手、父亲那黑色的衬衫，所有的这些直子都感受得到，父亲就一动不动地躺在那里，可是所有人都说父亲走了。直子并不相信。

烧毁父亲衣物的那天下午，天空阴沉沉的。直子在院子里生火。母亲从房间里抱出一大箱子的衣服，走在半路，箱子忽然漏底了，衣服都掉在地上，直子还看见了父亲最喜欢穿的那件黑色长袖衬衫。母亲瘫了似的坐在地上，一边哭，一边捡衣服，但直子并没有过去帮忙，她的脸在火边被烘得发烫。母亲终于把那些衣物拖过来，她一件件地把衣服扔在火里——父亲的短袖、父亲的长袖、父亲的裤子、父亲的领带，还有父亲的内衣。所有的衣物都在火里挣扎着发出声响，整个院子里的空气都变得浓稠和沉滞。直子扶起还跪在地上的母亲进屋。两人隔着窗户玻璃看着院子里的大火，桂花树的绿叶在火后时隐时现。

当晚下了暴雨，窗外电闪雷鸣。闪电就像要把天空劈裂开来，让所有黑色的液体流入世间，震耳欲聋的雷声轰鸣作响。直子在半夜被吓醒。她全身颤抖地拽紧被子。她张开嘴巴，盯着门口。果然卧室的门打开了，她欣喜地叫了起来，可是在闪电光照的那一瞬间，她看清楚了——那是母亲。与看着棺木被降入地下相比，在这样的夜晚父亲没有出现于直子而言，更像是葬礼。就是在那一刻，直子真正意识到父亲死了。

她的心里变得空落落的，就像是被什么捅了一个洞。她觉得无助极了,再也没有比这种无助和被自己亲手毁灭希望更大的悲伤了。你不得不接受它,而最后那对世界的希望越大,心里的空洞就越大,那些无助都被放大了无数倍,心里的绝望就会越变越大。

直子的绝望变得非常大。

直子终于放声大哭,并非啜泣,而是作为对内心巨大伤痛的回应,无声地大哭,眼泪流过她的脸颊,她在深夜里号叫,惨伤中夹杂着愤怒和悲哀。

母亲紧紧地抱住直子,轻轻地拍打着直子的肩膀,低声地说:"直子乖,直子不怕,妈妈在这儿。"

直子也紧紧地抱住母亲,好像越抱住母亲,直子心里的空洞就越大。母亲最后也哭,因为直子睡着的时候感觉自己的肩膀一片凉意。

之后的日子直子和母亲也不知道是如何度过的,好像时间就在睡觉中、在落寞失魂中悄悄地溜走。再也没有什么能令她们感觉到欣喜的,父亲的离开像是带走了生活中的阳光,昏暗中的直子开始了冬眠。

破碎的生活令人感觉疲劳。

母亲开始在每天傍晚出门。有天晚上直子偷偷跟着母亲出门。母亲在街角的一根路灯下停住了脚步。她站在路灯旁边,并没有靠着,而是仰头看着电线上的麻雀。已是秋季,电线上栖满了小鸟。直到天黑,有鸟陆陆续续地飞走。母亲张了张口却什么都没说,然后转身回家。

直到后来,直子终于明白,没有什么会比在悲伤的世界里身体的永恒的平静更令人战栗了。

后来的一天，直子睡到大约十点钟起来。直子站在窗口处，漠然地看着窗外。太阳像是一团明晃晃的污渍般从云层肿胀的躯体下露出来。忽然之间，桂花树上竟然挂满沉甸甸的花朵。直子忽然想起来在父亲走之前，直子坐在父亲的病床旁。父亲让直子靠近他。直子趴下身子，父亲伸出双手拂过直子的脸颊。直子感觉就像是有一股电流从身体通过，她全身一颤。

直子稍微往后缩了下身子。父亲却在这时艰难地笑了。父亲说："直子能不能抱抱爸爸？"

直子愣了一下，然后抱住父亲，把头趴在父亲的胸口上。父亲的心在沉重而又缓慢地跳动着，那是直子第一次也是最后一次抱父亲。直子瞥见父亲的手凑近母亲的手，他轻轻地碰了碰母亲的手。透过父亲的身体，直子听见父亲说："直子和妈妈的心要是能一直跳就好了。"父亲衰弱的声音传入直子的耳膜。

父亲的声音在这样的早上再次传入直子的耳朵，就像是一层叽叽喳喳的声音揭开了阴沉灰暗的日子。直子光着脚跑到院子里，在桂花树下，她扬起头看着树上的桂花一小簇一小簇地在阳光下闪闪发光。

没过多久，直子就去了外地。再过了一段时间之后，直子终于在电话里听到了母亲的笑声，母亲告诉直子，她从床底下捡到一张父亲以前画直子的画。

直子也分不清楚母亲是对自己笑的还是对她笑的。

所有的这一切逐渐变得清晰，就好像是直子刚刚从那个房间里走出来,光线灰暗,床上的被子杂乱,窗外的桂花都开了,母亲煎好鸡蛋放在桌子上,父亲正低头坐在直子的对面吃饭;就像,只要闭上眼睛,直子就能随时回到那个场景中去。

直子终于站了起来,环抱住母亲的肩膀,轻轻地拍着,嘴里低声地嘟囔着:"好了,妈妈,妈妈你不要哭了。"说着说着直子也哭了。

在下午的时候,直子和母亲就回去了。路上,直子和母亲并排走在一起,直子肩扛着锄头,母亲手里拿着镰刀。

傍晚直子要走的时候,母亲正蹲在厨房里择菜。直子走到厨房的门口说:"妈妈,我要走啦。"母亲站起身来,双手在围裙上擦了擦。"这么快就——"话还没说完母亲觉得头晕目眩,眼前发黑,走路都有点颠。直子奔到母亲的跟前扶住母亲。

"没事,在地上蹲久了。"母亲轻轻地拍着直子的手。

直子心里忽然乱了起来。她扶着母亲到卧室里坐下,自己蹲在地上握着母亲的手。母亲带着歉意笑了笑:"不留下吃个晚饭再走吗?"直子没有应答。母亲又接着说:"快走吧,要不然就赶不上车了。"直子看着母亲,这是她这么多年来第一次仔细地端详母亲。母亲真的变老了,眼角的皱纹一层叠着一层,额前的头发都已经发白了。直子伸手抚摸着母亲的脸颊,眼眶发胀。她想起在桂花树下,母亲说:"妈妈老了啊。"

直子扑到母亲的怀里,紧紧地抱住母亲。

就在这时,她终于知道了那天晚上听到的声音是什么了。

母亲的心在缓慢而又庄重地跳动着,怦、怦、怦。

四号旅馆

．
．
．

世间所有的事都在变化。有些事你总得在离开之后,才会发现那事已经那么久远。别以为什么事都是可以回来的,越是想要回来的事,越是逃得远。

一

阿金是四号旅馆的老板。他的旅馆有一个阳台。

阿金习惯了每段时间接待不同的旅客。他们或带着一箱子的衣服来，或带着一箱子的心情来。阿金也说不清世间哪来的那么多的情感。现在的他每天翻翻报纸，偶尔透过自己斜对面的窗户，看着阳台发呆。

阿金第二次注意到阳台上有个女人的时候是在黄昏。太阳懒洋洋地趴在山头，旅馆的大厅内像上了一层亮黄色的釉。阳台因为被高楼挡住显得有点灰暗，地面上栖着几只麻雀。那个女人侧着身子仰着头，头发懒懒地披在肩上，双手放在阳台的栏杆上，一动不动，像座雕塑。

那个多年前消失的女人也曾这样趴在阳台上。想到这儿的时候阿金推开阳台的门。那个女人是几天前来到四号旅馆的，她叫唐雅。阿金顺着她的眼睛望去，一片昏黄色的天空，太阳在左边的山头上露出半个身子。"你没事吧？"阿金站在她的背后说。她转过脸来看了一眼阿金,又缓缓地转过脸去:"我没事。"阿金陪着她站了一会儿。过了一会儿,唐雅不吱声地进了屋子,留下阿金一个人在原地伫立着。

阿金不明白她是怎么了,也不明白他自己是怎么了,在她转身擦过他肩膀的那一刻,阿金觉得在心里有什么东西蔓延开来。

那天晚上,阿金做梦梦见唐雅。她又直又长的头发像是一张毯子在地上铺展开来,阿金站在门口看着满地的头发惊呆了。他用力地吸着鼻子,闻到的尽是洗发膏所散发出来的清香。阿金犹豫了一会儿想要伸出手去摸的时候,那些长发一下子齐根断了,齐根断发之后的脑袋显得光溜溜的。阿金被吓醒了。

他在玫红色的灯光中睁开双眼,盯着窗外黑蓝的天空发呆。几个小时之前,他在那里遇见唐雅;几个小时之后,他在梦中见到了唐雅。他觉得一切都变得索然无趣了。但就在那个梦醒之后,阿金的身体仿若有一两只蚂蚁爬过。痒感稍纵即逝,只是时不时地来一下更惹人心烦。

阿金觉得无聊便摊开报纸来看,这么多年来他就是靠这些东西转移自己的注意力,但过了一会儿他又想起了唐雅——她长长的头发、丰腴的身子、抬起头望着天空的表情,漠然的眼睛,像是兔子警惕着,但当有人走在她身边时,她却没有丝毫的察觉。

天一擦亮,阿金透过浅蓝色的玻璃又看见唐雅站在阳台上。她把手放在了栏杆上,身子向前倾着。已是深秋,栏杆上满是朝露,倚着栏杆的衣服出现了一道湿迹。过了一会儿,唐雅将身子往前倾得更加厉害了,头朝下,整头长发都向下垂去,远远看着就像是披着一块布。

阿金想起了昨晚的那个梦，连忙去了阳台。当与唐雅间隔一定距离的时候，他停住了脚步。他深深地呼吸了一口空气，鼻腔内都是她的发香。阿金慢吞吞地说："小心点儿，唐小姐。"唐雅的身子震了一下，她迅速地转过身子挑着眉眼说："你刚说什么？"阿金以为她没听懂，不明所以地重复了一遍："唐小姐，小心点儿。"

唐雅甩了阿金一个耳光。

阿金愕然地看着踩着高跟鞋离开的唐雅。

这一天，阿金都没有看到唐雅。他不明白为什么唐雅要给他一个耳光。直到深夜的时候，他无聊翻阅报纸看见一个标题——《××县抓获从事卖淫活动的"小姐"数名》，这才恍然大悟了起来：可能她潜意识里把"小姐"理解成了那个意思了吧。阿金懊恼了起来，觉得自己该去道歉。但他并不敢现在去找唐雅，等到唐雅出现的时候再向她道歉好了。

那天晚上，阿金隐隐约约地听到楼道里有哭泣声，他顺着声音去找声源的时候，发现声音是从唐雅的房间里传来的。他在唐雅的房门口站了一会儿，几次欲抬手敲门都放弃了。其间他掏出一根烟点上，抽完后学着当年那个从阳台跳下的女人的模样，将烟蒂狠狠地扔在地上，踩灭，地毯被灼出一个黑点。阿金摇了摇头，嘴里嘟囔了几句就离开了。阿金觉得唐雅的身上一定发生了什么事。

直到第二天傍晚，阿金才又看到唐雅。她画着很浓的妆容，穿着一件低胸的裙子，她走过大厅的时候阿金本想和她说话的，刚张了张口空气里就只剩下香水的味道。晚上的时候，唐雅带着一个男人回来，酒精味和香水味混杂着充斥在空气中。阿金坐在柜台后突然觉得烦躁极了。深夜的时候，男人从唐雅的房间离开，皮鞋与地面相击的声音竟像是接二连三涌来的冷水冲到阿金身上。

阿金看着男人消失在视野里，身体里有什么东西在悄然地膨胀。他小心翼翼地走到唐雅的门口，把耳朵贴在她的房门上，过了好一会儿，他呆然地站着，鼻翼随着呼吸扩张着。他微眯着双眼，像是要透过房门搜索出什么。紧接着他倚靠着门慢慢地坐了下来。红色地毯带来的粗糙感一下又一下摩擦着阿金的心。

第三天唐雅再次出现在厅堂，不过她是来退房的。阿金在退房的时候说："唐雅，我不是那个意思。"唐雅并没有理他。他以为她没听懂，又解释了一遍："我叫你'唐小姐'是尊重你，并不是说你是当'小姐'的。"这时唐雅才抬起了头看着他，笑了一下说"我本来就是陪人睡的'小姐'"，就转身走了。在门口的时候，她停下脚步，眯着眼睛盯着门口那幅画，画上是一片金黄色的光晕，中间站着一个穿着红肚兜的男婴。肚兜上绣着两个大写的字母——"HJ"。唐雅摇了摇头，出了门，消失了。

唐雅的那句话让站在原地的阿金觉得身体里像是有什么东西就要膨胀开来了。

直到如今阿金依然不知道唐雅的身上发生了什么事。

二

叫我唐雅好了。

我在十六天之前离开了我曾经住的房子。我在四天之前被我男朋友抛弃了。所有的景色在我的眼里都显得空荡荡的,灰色一片。

我是在一个傍晚来到四号旅馆的。四号旅馆夹在高楼之间显得格格不入。在四号旅馆的第一天晚上我就失眠了。银白色的光透过玻璃投射到地板上,就像是一条小蛇在房间里四处游荡。我又一次想起云龙。

云龙是我的男友,因为他,我离开了我的房子。

他跟我说:"跟我走吧。你必须得找到你自己,你必须得知道你自己要的是什么。"

"那我得怎么办?"

"跟我走,离开这里。"

在我离开居住多年的房子跟他走的第十二天,他就走了。我把屋子里他碰过的每一个地方都重温了一遍之后,就离开了这间房子。

记忆中我有很多的房间,在各个不同的地方。但我到现在还记得的只有两个:一个是在海滨路四号的一个房间,在那里我带不同的男人回家;另一个房间是和云龙在一起时的。所有的房间都在我的心底不断徘徊,我以为和云龙在一起时的那个房间会是我最后的归宿。

云龙是一个摄影师。他就像是一个浪子,从遥远的哈尔滨来到这个南方的城市。他有着沙哑的嗓音,眼睛里就像是蒙着一层氤氲的雾气。在很长的一段时间内,他潜伏在深夜的声音一直在我的心里回响。我们第一次在沙滩上相见,他拿着相机问我:"你见过这个女生吗?"我看着他为这个女生拍的每一张照片,有她微笑的样子,有她把头发拢到耳后的样子,有她双手抱胸的样子,也有她倚在栏杆上的样子。每一张的时光都让我觉得那才是真正属于女人的。

那个女人是我。

"我认识,她叫唐雅。"

他露出他可爱的小虎牙说:"那你有她的电话吗?"

我也跟他笑着说有,随后从包里拿出一张便笺纸写上了我的号码给他。那是一个多么阳光而富有生机的男人。我当时一定就是迷上了他这一点。

当天晚上我坐在化妆间里等着化妆的时候接到了他的电话。他的声音很好辨识,他说:"唐雅,我是云龙。"

"我知道。"

"我是从一个漂亮的姑娘手里拿到你的电话号码的。"

我在电话这头笑出声来——他还惦记着那个游戏。我说:"她有我漂亮吗?"他说"没有",然后在电话里笑了两声,随即我就听见了他扭开可乐瓶盖时气体发出的声音。后来因为来了顾客,我就匆匆地挂了电话,只是那晚我第一次在工作后想起别人。

之后云龙会时不时发来短信或打来电话。"外面下雪了""夜凉,注意保暖",诸如此类的话语总会在不经意间温暖人心。也就是从那时起,我觉得我不是我自己了。每次和顾客喝酒时我都会无意地想起云龙浅浅的笑,而我身处的地方,就像是一片昏红色的地狱。只有和他在一起的时候,我才觉得自己是个女孩儿。

十月份的时候,我们同居。那时我已经辞去"小姐"的工作,我想朝着一个我所认为的正常的女人的生活迈进脚步,但一切都并非我想象的那样。

"你最想要什么?"

"我最想要你。"我枕着云龙的胳膊说。

"我说的不是这个,我说的是你生活的重心,你不能一味地依附于别人。"他抽出他的手臂,侧着身子。

"那你的生活重心呢?"我反问。

"拍出最漂亮的照片。"顿了一会儿他说,"你呢?"

"我呀,就想要每天这样生活就好了。"我伸了个懒腰,隐约间听见了一声叹气声,随后他就起来了。之后的日子里,我们拌嘴的频率越来越高,各种小事都可以引起我们的争吵,而最后的结局便是他摔门而出。直到有一天他说:"如果你还是这样,你应该回去当你的'小姐'。你自由,我也开心。"那些话语从他的牙齿、舌头间脱落,幻化成鞭子抽打着我。

我瞪大了眼睛:"你知道?"

"我一直都知道。"他边说边在房屋内收拾东西。

我低下头,眼泪蓄满眼眶。无数的画面纷至沓来,在我的脑里重叠、分离:中年男人肥腻的欲望、红色的金钱、黑白的相片、满地的碎玻璃、威士忌在地上匍匐前进。

"你要去哪儿？"

"我要离开，去找我真正想要的。"他头都没有抬起来。

我双手抱胸看着他："所以你现在说走就走，也是把我当成一个'小姐'那样子对待吗？"

"我曾经以为我们能在一起，我以为你能知道自己要的是什么，可是到头来你连自己要的是什么都不知道，我们怎么能在一起呢？"说着他提起了背包就要离开。

我横在门口堵住他的去路，伸出手来对他说："我们在一起十二天，我通常接客人一次五百，我算你便宜点，给我五千好了。"已是恶言相向，剩下的只有口舌之快。

他的脸因为愤怒或是某种其他情绪而涨得通红，太阳穴处的血管开始浮现出来，他把钱包里的钱都放在了我的手上，一把推开我走了。走时我还听见他在楼道里吼叫了一声。我把手中的钱往上扔，我感觉到了一种莫名的报复的快感，兴奋得像只野兽。

我倚靠在窗玻璃上看着云龙离开。他在楼下抬手擦了一下脸颊，拿起相机对着酒店拍了一张照片，照片里我必将是那一扇玻璃后的黑点，万千黑点中的一个。

我哈哈大笑了起来，笑着笑着就笑出了泪来。

这不是我的房子。我得去找我的房子。

三

云龙离开唐雅的时候已是晚秋了。

他走在掉满落叶的路边,周边稀稀落落地种着柏树。他想起凡·高的《星空》——星星和深蓝色天空形成旋涡,干枯的柏树直指天空,像是一个奇异的符号,月亮在金黄色的光圈里看着宁静的小镇。云龙觉得自己就是从那个小镇里出来的。

云龙爱好摄影,他想把他看到的每一个美好的场景记录下来。他的梦境里满满的都是这些美好的图片:有太阳刚升起来微露出的曙光,有黑夜下的大海,有月光下的银白色树叶。他愿在这些梦境里长睡不醒。

有一次母亲带着云龙去探望一位生病的长者。老人病恹恹地躺在床上,全身皱缩得像个干瘪的果子。老人躺在床上多时,几个子女却没有回来。母亲问:"要不要打电话叫他们回来?"老人摇了摇头,絮絮叨叨地对母亲说:"什么都没有得到,我这一生到底为了什么?忙活了大半辈子,竟然不知道自己要什么。"

云龙看着老人干枯的脸庞,陷入了恐慌之中。生命到底是什么?活了一生到底又为了什么?他似乎都能看见老人身体内的血在日益枯萎的血管中缓慢地爬行。云龙再见到老人的时候,是在老人的葬礼上。老人的孩子个个哭成泪人儿,互相搀扶着回去,第二天就走了大半。

活了一生是为了什么?大抵是为了追求自己想要的东西。所有的东西都是有代价的,当你想要追求到这个东西的时候,你就得付出同等价码。这是一家酒吧的老板娘告诉他的。

云龙刚离开家的时候像是刚冲出笼子的鸟,一路飞得跌跌撞撞,直到有天他迷上了摄影,他开始学着摄影家的样子,拿着相机去各个地方捕捉场景。他觉得生活的意义对他来说莫过于时间的流逝,而对于时间的流逝他又用睡眠的长度来衡量。

有一天晚上,他在巷子里转来转去。他回想起他的每一个女友,分分合合、合合分分,所有的感情的事在黑夜里奔涌而出,变成一条铁链紧紧地箍住了他。他在巷子里冲来冲去,大口地喘着气,吐露话语的喉咙就像是要被人撕开一般,干渴得需要液体来湿润。

在巷子的尽头是一家酒吧,门口点着一排黄色的灯。穿着大红色裙子的老板娘看着这个落单的男人:头发天生微卷带着栗子色,浓眉大眼,鼻子刀削般地挺立在脸上,整张脸轮廓分明。她请他喝酒,给他地方睡。她就像是一个长者关心着他。没过多久,老板娘就让云龙到酒吧内帮忙。

老板娘曾经是个画家,云龙这样猜测着,因为他时常看见老板娘在生意较为轻松的时候拿着笔在纸上画画,画的或是一朵花,或是一个英俊的男人,或是一个美貌的女子,又或者是一个孩子。其中她画孩子的次数最多,有白白胖胖的,有瘦小的,有浓眉大眼的,也有穿着红肚兜露出"小鸟"的婴孩。每一个孩子都活灵活现,不是画家的人难以画出这样的画作来。老板娘说:"这些孩子都是我养的。"

老板娘时常在酒吧打烊之后一个人在店内独坐到天明,不开灯,点一根蜡烛,病恹恹地、双眼无神地看着金黄色的烛光;在黎明将到之时自己亲自吹灭蜡烛,再软塌塌地回家。

酒吧的员工告诉云龙,老板娘未婚,曾育有一个小孩,后来病死了。他们也不知道老板娘在开这家酒吧之前是干什么的,只知道她一个人住在一个房子里。每当云龙问起老板娘以前是干什么的,她都会避开这个问题。有一次老板娘喝多了酒说:"以前是干什么的不重要,重要的是知道自己现在在干什么、自己要的是什么。"

后来,老板娘自杀死了,在家里开的煤气罐。人们去老板娘的家里的时候发现,她把家里的几乎所有房间的门都敞开了,这些房间内都堆满了大大小小的画作,所有的画作都被盖上了白色的薄布,唯有一间房间的门是关着的。云龙小心翼翼地打开这个门,随即便被房间内的景象吓了一跳。房间内的墙壁被涂上了黑色的油彩,靠窗户的那面墙上挂着一幅画,大小刚好遮挡住窗户。因为光线太暗,整幅画显得有点模糊,隐约间只能看见一团黄色。等把房间内的灯打开的时候,他才看清楚了这幅画:一男一女坐在桌前凝望,他们的手臂上各文着两个字母——"HJ";一个白胖的男婴坐在桌子中间,手里拿着一根燃着的蜡烛,画上的光晕尤其集中在字母和男婴身上。云龙所看见的那团黄色的部分是蜡烛的光,是一团火焰。

当天晚上云龙喝了很多的酒。都说借酒消愁,消的不过是记忆。他扶着墙壁呕吐,等他抬起头的时候,忽然又看见了那个老人,生命之火恹恹欲灭,只剩微光。老人说:"我这一生到底为了什么?"

所有的空间和时间仿佛都在那一瞬间对上了轨迹,磨齿相擦发出声响。"我这一生到底为了什么?""忙活了大半辈子,竟然不知道自己要什么。""重要的是知道自己现在在干什么、自己要的是什么。"

第二天云龙拿起相机时,终于知道自己的要的是什么,他要拍出一根蜡烛,火焰处涂满了金黄色的油彩。

四

四号旅馆不过是个暂时的停留地。有的人在四号旅馆得到了解脱;有的人在四号旅馆寻找到新的希望;有的人在四号旅馆不过是当作出去一趟,回去依旧陷在泥潭里。

阿金原本以为唐雅会像其他离开的人,不会给自己带来什么新变化,自己就像是一潭死水,不会有新生的希望。可是在她走后,阿金时常做梦。梦境里的女人总有着黑色的长长的头发、丰腴的身子、羊脂白玉般的皮肤,怪就怪在每个梦境中她有时候蹲在角落里,有时候趴在桌子上,有时候抬起头看着天空,尽管如此,阿金从未真正见过她的正脸,只有一个模模糊糊的影子,有一盏莲花灯点在她的身旁。像是来自心底的某个封存的记忆,在某一个瞬间遇到一个机缘,一下子就打开了,而对于阿金来说,唐雅就是那个机缘。

有天晚上阿金坐在床上看报纸,看着看着就睡着了,他做了个梦,梦里走了很长很长的一段路。

阿金来四号旅馆之前和女朋友李倩分手了。所有的人都说阿金和李倩是模范情侣，两人相敬如宾，外出见朋友时李倩总是笑盈盈地挽着阿金的手。两人的生活极其安稳，就因为这份安稳，阿金十分享受并觉得尤其珍贵。当然这一些都只是阿金自己的一厢情愿，阿金也没想过世间所有的事情都像是一个轮回，生死长夜，万物复始。

就是在一个到处都摇曳着闷热光晕的下午，阿金回家，发现李倩和杜斐在自家的床上。阿金全身颤抖地站在门口，两个不同的世界分崩离析、构建重叠。之前他站在院子里，拿起一块黑色的石头砸进自家的玻璃；现在他推开家里的门，看见好朋友和女友趁着自己外出上床。阿金的脑袋轰轰地鸣响着，他抬起头使劲地眨巴着眼睛，好像所有苦痛的回忆都在那一瞬间对他的脑袋进行焚烧。时间的河流不停地倒流，红色的门严严实实地关着，他们的欢笑声像是一条条蝎子蜇进阿金的皮肤。阿金觉得自己仿若置身于阿鼻地狱，他用力地咬着下唇，直到有一股温热而又咸腥的味道在舌头上蔓延开来。

李倩从床上爬了起来，被子从身体上脱落，白花花的身体。她想拉住阿金，就在快要碰到阿金的时候，杜斐拉住了李倩。杜斐挑衅似的看着阿金，在阿金面前亲李倩。两具白花花的身体，忽然让阿金觉得恶心极了。阿金握紧拳头转身出去，在楼道里转了很久，就像是置身一座迷宫，在里面苦苦找不到出口。

车水马龙中，霓虹灯像是一片片彩虹，整个城市变得萎靡不堪。阿金觉得身体里有一股气体就要把他的身体撑爆。寒流在深夜的街头肆无忌惮地窜来窜去，阿金觉得冷极了，在商店里买了一瓶二锅头。老板问："你还要买些别的吗？"阿金有点儿恍惚地看着老板说："我就想喝酒。"

酒精入肚带来灼热感，阿金看着街边的树木、路灯，它们好像都在嘲讽他。阿金大吼了一声，猛喝了一大口酒，他觉得身体里的东西没被压下，反而越来越猖狂，他难受极了。他告诉自己，没事，没事，一切都会过去的。

一切慢慢安静了下来。阿金走到了一条小巷，巷尾的灯光以某种频率在闪烁着。阿金在路灯下走来走去，然后趴在墙壁上，摸着墙，轻声地嘟囔着："喂，你还好吗？"

"喂，你还好吗？"细微的声音竟像是一条蛇在小巷子回荡开来。阿金的脑子开始灼烧了起来。他又开始不停地走，他想走到每一个角落，潜伏在每一片草丛里，他再也找不到自己的家了，他想回去。

一个孤单的路灯，一棵孤单的树，一个绿色的垃圾桶，还有两只黑色的猫。阿金傻笑着，然后跌跌撞撞地走到垃圾桶旁边，倚靠着垃圾桶坐了下来，一只黑色的猫尖叫了声逃走了，另一只猫坐在一旁看着他，眼睛在黑夜里闪着光亮。阿金掏出了手机想给人打个电话，手机的主屏幕还停留在下午杜斐给他发的短信："快回家，李倩出事了！"

阿金的脑袋终于爆裂开来。他用力地将手机砸在对面的墙上，四分五裂的手机掉进了垃圾桶里。阿金抬起头看着满天的星星，他想起还小的时候，就算在自家的院子里也能看到满天的星星，不过后来他再也不在院子里逗留了。有天下午他从学校逃课回家，躲在院门外的树后的他看见一个男人走进家里，母亲站在门口朝四周看了下就关上了门。阿金悄悄进院，慢慢走到门口，把耳朵贴在门缝上，里面传来的呻吟声和欢笑声都快把阿金的耳朵撕破了。阿金愣在了原地，他想起了长年在外的父亲。他握紧了拳头退到了院子里，捡起一块黑色的大石头砸向窗户。他捂着嘴巴往外跑，就好像要飞起来了一样。从那以后，阿金总觉得自己像是生活在一个笼子里。

阿金苦笑了声，然后把瓶子里剩下的酒一股脑儿地倒进自己的身体里，咕咚咕咚。

阿金拼命地敲自己的头。他倚着墙壁滑倒在地上。就在前几天他还在和李倩商讨着他们结婚时新房要怎样布置，然而今天她就和一个男人在他们还没有布置的房间里做着原本只属于他们俩的事。会不会以后李倩结婚的新房就像他们商讨的那样，要买一个大大的瓷盆放在房间的正中间，里面要养很多的金鱼，墙上要绘上一朵大大的荷花？这是李倩提的建议，阿金笑笑都应允了，他提的唯一的意见就是不希望房间内有窗户。

"去他娘的新房！"阿金声嘶力竭地咒骂。这时周边的有些居民就打开窗户喊着："大半夜的吵什么吵？神经病啊？！"

阿金抬起头大声回应着："当时你们都死去哪儿了？！"

没过一会儿，阿金就觉得自己的肚子里烧得难受，好像是有什么东西想要涌出来，可是被什么东西堵住了，只能来回地翻滚。阿金对着天空大笑了起来，声音在寂静的空间里来回荡漾。猫叫了一声，轻轻一跃跳上了墙壁，像是俯瞰着万物一样。

阿金的身子一抖，多年前的猫叫声也一直回荡在院子里。阿金这样想着的时候已经不自觉地将手伸进了自己的喉咙里。他碰触着自己柔软的扁桃体，一下又一下，吐出一口；阿金并不满意，又多挠了几下，就吐出了更多，上瘾般地，直到吐出的是黄绿色的酸涩的液体，阿金还不满足。阿金算是累极了，可他一点儿也不想哭，多年前的他都没哭，何况是现在。阿金一边挠扁桃体一边用袖口擦眼睛。

　　就在这时，阿金感觉有人在他后背轻轻地拍着，一下又一下，那是个看不清楚面容的女人，阿金只能看见在昏暗的路灯下闪闪发光的红裙子，还能闻到她满身的香味。阿金转身倚靠着墙壁想要真真切切地看这个女人的时候，她已经不见了，只有那只猫重新坐在那里凝视着阿金。

　　你看到了我眼中的你了吗？

五

　　如今的我谈不上幸福，也谈不上不幸。我找不到平衡，内心矛盾得厉害。

　　我无比热爱荷花。清淡的味道、白洁的花瓣、末端的粉红，亭亭玉立的样子像是娇羞的仙女，这些应该也是父亲无比热爱它的原因。说到父亲，我也有很久没有见过他了。我的一生尽是和不同的人在一起，再和不同的人分别。我的身体里一定流满了母亲的血液，所有的不安分和新鲜的刺激都足以使我亢奋。

让我告诉你好了，在我很小的时候我的父母就离婚了。

我的父亲是个和阿金差不多的男人，有安稳的工作，过着千篇一律的生活，好像每天都在重复着前一天，还没老去就已经在垂望着终点；母亲则是个整天都忙忙碌碌的女人，化妆、吃饭、跳舞、购物、按摩，样样不差。性格不合终将是所有不幸的导火索。母亲与日俱增的埋怨引发了两人之间无休无止的争吵。最开始的时候，我夹在他们中间哭喊；后来就变成他们一争吵我就躲在屋子里，紧紧地关上门，蜷缩在角落里惊恐地望着传来声音的客厅或是卧室的方向，即使有着一扇门相隔，他们的声音依然像是一把利刃劈开一切障碍物跑进我的耳朵；再后来，每次只要我察觉到他们的争吵即将爆发，我就赶紧下楼去玩。每次玩的时候，我都会时不时地抬头望向我家的窗户。我不知道他们是否争吵完了，我想回家，我一点儿也不想一个人在院子里待着。

在我还没上初中的时候，他们就离婚了。我被判给了母亲，我再也不用担心他们会争吵，好像所有的苦难的日子都将会过去。可是事实并不是这样，母亲经常不回家，衣服和内衣扔得到处都是。在一个人的夜晚，我会坐在客厅里等母亲回来。因为害怕，我把电视的声音开到最大。所有的画面在深夜里变得乏味而又无聊，以前的日子开始一次次地在我梦境里出现。我无比怀念我的荷花，那是所有创伤的良药，是父亲所特有的。每次他们争吵过后的夜晚，父亲都会来到我的房间，他会在我的手上画上一朵荷花。父亲每次画完都会说："倩倩，你闻闻,有没有香味?"

那时的我低头一闻,画着荷花的地方真的会散发着一些香味,父亲就像是个魔法师。争吵过后的荷花,就像一束阳光温柔地覆盖在逐渐混浊的水面上。在我离开父亲的那天,父亲很认真地在我手上给我画了朵荷花,然后低着头在自己的手上也画上一朵荷花,一遍又一遍地描摹着,直到手背上的荷花都红肿了起来依然不罢休。我从椅子上跳了下来,拉着父亲的手:"爸爸。"父亲这时才把头抬了起来,他的眼眶全红了,泪一下子就掉了下来。

父亲最后把那根笔送给了我。

跟着母亲的我觉得疲惫极了。我在储物室的一个小袋子里找到了父亲送给我的那只笔。我回到卧室扭开床头的台灯,像很久之前父亲给我画荷花那样,低垂着头认真地在自己手上画荷花。画完了荷花低下头一闻,我以为会像往常一样,荷花会有香味,可是什么味道都没有。以往争吵的时光像洪水一样向我席卷而来。我的瞳孔里满是难过的色彩,好像一直以来我都是受骗者,大人们就知道用一些小把戏来讨取小孩的喜欢。

我看着还亮着的台灯,用力地擦拭自己的眼睛。我觉得该睡觉了,然后躺在床上,用被子蒙住头。

母亲时常搬家,频率快得只能让我记住一个明显的特征来替代一整座房子。

我记得在我读小学的时候,那时屋外的大院子有一棵榕树,榕树下有一个秋千。我时常站在门口观望,偶有邻居的小孩会过来玩,我就站在旁边看,而我自己却从来没有去玩过一次,因为没有人在背后给我推,那样子的秋千不算秋千。

在我初中的时候,家就搬到了隔壁城市的一座老房子,老房子有着一个很宽的窗户。我都忘记了我在那个房子里度过了几年,也忘记了我是如何度过的,只记得那时常玩的一个游戏就是拿着一把花生站在窗口,打开窗户一粒粒地把花生砸向窗外,因为窗外有小朋友想要进来找我玩耍。到了最后我会确认窗外没有任何人,然后双手叉腰骄傲地想:他们一定是被我吓走了。其实窗外一直都没有人,我不过是在跟自己玩一个找朋友的游戏,也许就是在那时我发现我的身上流淌的血液是来源于我的母亲。

到了我高中的时候,母亲又带着我搬到一处公寓楼,在浴室里有一个白色的浴缸,我时常在里面躺着躺着就睡着了。没过多久,有一个叔叔经常来家里,他在家里和我们同桌吃饭,一起在沙发上看电视,还留下来过夜。房屋的隔音效果不是很好,有时候我能听见从他们房间里传来的一些细细碎碎的声音,那声音就像是蚯蚓爬进了我的房间。就是在那段时间我无比想念我的父亲。我躲在房间里在自己的手上画荷花,直至我的手像父亲的那样红肿了起来,我盯着它落泪。我起身敲开了母亲的门,透过门缝我能看到那个男人光着身子躺在床上。我抬起手问她:"你说,荷花为什么不香了?"母亲疑惑地抬头看着我。"你闻闻。"我把手凑近了她。母亲失神地晃了一下,我清楚地从母亲的眼里发现了落寞。她把我的手一下子打掉,"嘭"的一声关上了门。

我回到了浴缸。他们在里面争吵,那个男人在深夜离开了我的家,临走前还破口大骂。有时候两个相爱的人是注定不能在一块儿的。之后他就再也没出现在我和我母亲的家里了。就在那个男人关上门、母亲在屋内摔东西的那一刻,我觉得我变成了一条鱼,在浴缸里游来游去,游来游去。

我前世一定是一条鱼。

六

这个故事该从杜斐回家看见自己的妻子和一个男人在床上做爱的时候说起。

杜斐是怎么都没想到自己会被妻子戴绿帽子,这是人生最大的耻辱。那个晚上杜斐窝在沙发上抽烟,他的妻子在房间里。他把窗帘拉得严严实实,一根接着一根地抽烟直到他妻子出来。杜斐的妻子一出来,就嘟囔了句:"抽那么多的烟,要死啦!"

杜斐用布满血丝的眼睛盯着自己的妻子。她的胴体让他觉得恶心至极,他开始怀疑自己是不是从一开始就和别的男人一起共享这个女人。他还记得他和她第一次做爱的时候她还流血了,这说明她是个处女。可能是她故意做出这些假象来迷惑他,要知道他当时是多么爱她,把自己的全身心都交了出去。杜斐冷笑了一声,恶狠狠地把还没抽完的烟摁灭在桌上。

他的妻子见杜斐对她一点儿也不理睬,就架着胳膊耸起整个肩膀冲他走了过去,还没等到她走到他的身边,杜斐就冲到厕所里吐了出来。杜斐的妻子在外面看了一会儿,然后才迟疑地走近杜斐,想给他拍拍后背让他舒坦点。忽然杜斐转身拽着他妻子的胳膊往外走。"你干什么?!"杜斐的妻子气急败坏地尖叫着。杜斐黑着个脸不说话,拖着他妻子直往街上走,丝毫不顾周围的人的目光。"叫你去偷男人,叫你去偷男人,让你一辈子去偷男人!"最后杜斐从床边的柜子里翻出证件,拖着妻子到了民政局,两人离婚了。

离婚后的杜斐一直单身着。杜斐没有多少朋友,阿金是他从高中一直玩到现在的朋友。在读书的时候,阿金的学习就比他好;成家的时候,他的妻子长得比阿金的妻子好。他以为这次自己是赢了阿金,可是最后还是输给了阿金。

阿金和李倩两人那么好,杜斐看在眼里觉得心里就有个石疙瘩。

有一天,杜斐和阿金夫妇出去吃饭的时候,阿金说:"阿斐,你也该再去找一个女人了,男人一个人在家肯定干什么都不方便。"这时李倩走了过来,她把一个汤勺放在杜斐的碗里说:"是呀,你也该去找一个,这样我们四个人就可以经常一起出来吃饭了,省得你看得眼馋。"说完,李倩拍了拍杜斐的肩膀。就是这一拍,那一晚上让杜斐跑马了一回。

第二天杜斐起床的时候,想着夜里做的梦,他咧开了嘴笑了笑。

没过多久后杜斐就和李倩好上了。每次做完爱后,杜斐都在想着如果阿金看到这个情景的话会是什么表情,会不会和自己当时一样。想着想着他就又忍不住性起。终于这回自己真真正正地赢了阿金一回了。

在杜斐觉得该实施自己计划的前一天,他去了前妻的家。当时他的前妻刚洗完头,用浴巾擦着头发站在门口问他要干什么。杜斐挠了挠头说:"我想看看你现在怎么样了。"他的前妻面无表情地说:"现在你也看了,那你就可以走了。"杜斐看着他的前妻,沉默地伫立着。当她厌烦了两人静静地傻站的时候,她想进屋把门关上,这时杜斐把自己的手伸了进去。他的手被夹在了门缝里。他低吼了声,然后问她:"我能进去坐坐吗?"

就像当时离开这座房子时一样,杜斐今天坐在这里又微眯着眼睛打量着这个房间里的每一个角落。窗帘、沙发垫都换上了新的。他说:"你又买了这么多东西。"他的前妻转身看了他一下,点了点头算是回应。

他问:"能给我倒一点酒吗?"

"冰箱里有。"他的前妻回答道。杜斐在新的沙发垫上舒展了下身子。过了一会儿,她又说:"自己去拿。"杜斐还没舒展开来的身子一下子僵住了,像是摆了个奇怪的姿势坐着。

"你到底来干什么?"他的前妻这时转过身来,背靠在橱柜上问。

杜斐低下头,奇怪地笑了声,然后说:"我是想过来和你说声对不起的。"

他的前妻也跟着奇怪地笑了声,然后摇了摇头说:"我去洗澡了。"就像是他们还没离婚时那样的语气。杜斐的身子这时才舒展开来,然后像是一只虾一样弓着身子陷在了沙发里。

杜斐听着浴室里传来的哗啦啦的水声,他像以前一样打开冰箱给自己倒了一点儿酒。他看着冰箱里有各种各样的食材，还有一些洋酒。以前他们还没分开的时候，也没见她这样像个贤妻，他的心里又不平衡了起来。他重重地关上了冰箱的门，杯子里的酒因为动作幅度太大洒了一点儿出来。杜斐看了一眼地上，脚踩着酒液回到了沙发上。

杜斐又一次站起身来，站在原地转了个身，看了下自己四周的环境。那个早上他应该也是坐在这个沙发上一直抽烟的。想到这儿的时候，他自己默默地点了点头，像是心满意足似的。过了一会儿，他又被桌上的一个烟灰缸给吸引住了。他凑近烟灰缸，看到里面有很多烟蒂，有些是她抽过的牌子，有些不是。杜斐像是吃了炸弹一样气急败坏地朝浴室方向乱吼，他也不知道自己要说什么，只想喊出那个声音罢了。

"你在干什么？！"她的声音也传了过来，声音大得像是在咆哮。

杜斐有点儿被她的音量吓到了。他又坐回了沙发上。他抬起头看了看天花板，起身皱着眉头把烟灰缸里面的烟蒂都倒进了垃圾桶里去。他拿着烟灰缸想了想，又把垃圾桶里的那些烟蒂一个个捡起来放回烟灰缸，倒进了厕所的马桶里。事后，他拿着烟灰缸到水龙头下冲了冲，又把它擦干了，他的眉头这才舒展开来。

他的身子又一次陷进了沙发里，他眯着眼睛打量着烟灰缸，然后掏出一根烟迅速地抽完，在烟灰缸里摁灭了。

走的时候，他看了看烟灰缸，心满意足地离开了。

没过几天，杜斐悄悄地回家，想给李倩一个惊喜，结果他看见了李倩和别的男人在自己的床上。

他呆愣在原地。这真是个惊喜。

七

在阿金来到四号旅馆之前，有段时间他一直游荡在街头，像每一个深夜顶着鬼火的人。路上的行人熙熙攘攘地擦肩而过，每个人的世界都在不停地碰撞，却又寂静无声。在这样的夜晚阿金的脑袋里会不停地重合着很多人——李倩、杜斐、父亲、母亲，还有一些形形色色的人。所有的人都像是变成了笼子上的铁栏杆，把他紧紧地关在一个逼仄的空间里，而又全然不知。

四号旅馆原来的老板不是阿金，是个女人。阿金直到现在也不知道她叫什么名字，因为阿金平时就叫她老板娘。阿金到现在还记得那晚见老板娘的情景。

他醉醺醺地拎着一瓶白酒，摇摇晃晃地推开玻璃门，见到的是一个呆看着阳台的女人，她穿着一件红色的裙子，黑色的长发披散在肩上。说不清是在红色的映衬下显得格外魅惑的黑色，还是在黑色对比下显得格外令人激情澎湃的红色吸引住了阿金，就像是有锣鼓在阿金的耳边不断地敲击，阿金深皱着眉头摇摇头，又低头抿嘴笑了一下，走到柜台前说："老板娘，住宿。"

老板娘转过头来，却把阿金吓了一跳。她的眼眶里蓄满了泪水。老板娘对着阿金点了下头。因为眨眼，泪就掉了下来。她也不擦拭，任凭泪痕留在脸上。她的样子于阿金来说就像是一条光滑的鱼，风和水缓慢地抚过，像是拂过一层轻纱。阿金说不清是被什么东西给吸引住了，就在四号旅馆住下了。

老板娘给阿金的是一间窗户朝阳台的房间。透过窗户可以看见窗外深蓝色的天空、永不知疲倦的霓虹灯和灰色的阳台。

不知是老板娘的泪触动了阿金的情绪，还是酒精起了作用，阿金一进房间就特别想哭，就像是有一股黑色的河流在肚子里奔腾，要把五脏六腑都冲掉。他使劲儿眨巴着眼睛，窗外的夜色不断地向前延伸，巨大的空间吞噬着阿金的回忆。他冲进厕所把手伸进自己的喉咙里使劲儿抠着，所有的秽物都通过喉咙从肚子里翻涌出来，像是有一股巨大的冲击力，阿金趴在白色的马桶上倾泻着自己身体里的河流。阿金觉得自己的世界一下子轻飘飘的；一下子又重如山压，动弹不得。

忽然，有人在阿金的背后轻轻地拍着他的后背，他转过头看清了那个人，是老板娘。整个世界一下子就亮了。她穿着红色的裙子，在黄色的灯光下，细长的、涂着红色的指甲油的手在他的后背拍着。两个女人在白炽灯光下重合在了一起，变成了血肉清晰的、活生生的人。

就在那一刻，阿金哭了。他的泪掉了下来。啪啪啪地滴在一堆秽物上。

他像个小孩嘤嘤地哭着。老板娘从背后抱住了他，一下又一下地抚摸着他的头。他转了个身子，坐在地板上蜷缩在老板娘的怀里。女性特有的气息一圈又一圈地萦绕着他的周边。阿金就像是回到了母亲的身体一样，觉得无比安定。那晚阿金沉沉地睡了过去。

等阿金醒来的时已是中午。阳光调皮地跳到他裸露着的手臂上，阿金看着窗外的阳台。灰白色的水泥地，已有些生锈的护栏，还有左右楼房形成的墙壁，整个阳台就像是一个盒子，唯有护栏那个地方面朝着世界，整个阳台都有了呼吸。

阿金微眯着眼睛看见一个女人站在阳台那块有着细细碎碎阳光的地方，好像是被洒上了一层亮斑，黑色的头发、红色的裙子在光中熠熠生辉。阿金无比想要见到女人的正脸，等到他从床上起来的那一瞬间，女人已经不见了。阿金下楼的时候，她依旧坐在柜台后低头拨弄着自己的手指。

阿金站在老板娘面前一会儿，开口问："我昨晚哭了吗？"

老板娘头也没抬起地回答："没哭。"

阿金点了点头说："还好没哭。"他用脚尖在瓷砖上划来划去来缓和自己尴尬的情绪。

老板娘说："身份证。"

阿金一愣。老板娘看着他，也不继续说话。过了一会儿阿金才突然明白了老板娘是在说什么，就去房间里拿证件。阿金一进自己的房间，就觉得房间里的所有东西都变成了老板娘——红色厚重的窗帘、漆着猩红色油漆的墙面、挂着玫瑰红吊灯的天花板，还有红色帷幔。唯独床是黑色的，鲜黑色的。整个房间在阳光的照耀下噼噼啪啪地响了起来。阿金站在门口，他走近墙壁碰触着来自阳光里的活的生命。老板娘的眼神，就像是一潭水在房间里轻微地荡漾着，每一件家具和摆饰都有了生命，整个房间像被下了蛊。

阿金就在四号旅馆住下了。他觉得四号旅馆就像是他在这个城市里的家，因为他在这个城市以前的家已经有新的男人住进去了。更为重要的是，阿金觉得自己喜欢上了老板娘。阿金也不知道自己到底是喜欢老板娘，还是喜欢穿着红色衣服的老板娘。

感情这东西说不清。

阿金平时闲着无事就坐在柜台旁，自己看报纸，或是看老板娘看报纸，或者是和老板娘说话。有一天半夜，阿金被一阵高跟鞋声吵醒，他从床上坐了起来，借着透过自己门缝的灯光看见自己的门外站着一个人。阿金静默地看着门外，过了一会儿，阿金打开门，老板娘坐在门边，抬头看着他。

"你终于还是出来了。"老板娘涂着红色指甲油的手指上夹着一根烟。

阿金疑惑地看着她。

"你知不知道，以前我喜欢的一个男人，他住在和这间装修得一模一样的屋子里。"老板娘红色丰润的嘴唇吐出烟雾。

阿金以为，每个女人在说起自己的伤心事的时候，都一定会变得脆弱。阿金还以为老板娘需要人安慰，他想像上次老板娘抱自己那样地抱她。阿金弯身单膝立地抱住老板娘，老板娘把头伏在他的肩膀上，在他的耳边呵着气，挠得阿金心里痒痒的。

老板娘说："你还是回来了。"

就在阿金还沉浸在老板娘身上的香味中时，老板娘挣开他的怀抱，掴了他一巴掌。

"啪"的声音在空荡荡的楼道里荡来荡去。

老板娘起身，把未吸完的烟扔在地上，用红色的高跟鞋把它踩灭，红色的地毯上被烟蒂烧了一个黑色的点。那晚，阿金就在黑漆漆的房间里睁了一晚上的眼。

那个夜晚之后,老板娘开始爱说过去的男友。

"他叫松木,那是个谜一样的男子,远远看去就像是一团雾,我给他的房间布置满了红色,还是没能看清他。"那时阿金和老板娘已经在一起了。

有一天阿金做了个梦。梦里他遇见了一个白发苍苍的老人,老人头发雪白,皮肤细腻如雪,眼波流转若星。她送给阿金一坛酒,她说:"这叫'白云苍狗',喝了之后,就可以叫人忘掉以前所有不开心的事。"她说:"人最大的烦恼就是被不开心的回忆紧紧地箍住,如果能够忘记,那得有多开心呀。"就是在这个梦醒后,阿金对老板娘说:"我愿意变成他。"

可是说变成另一个人怎么能够完完全全地变成另一个人呢?

"你越来越不像他了。"

"我会努力成为他。"

后来,阿金就厌烦了。那种厌烦不是歇斯底里的,而是一种莫名的抵触。他有意识地告诉自己:这不是阿金,这不是阿金。

"你越来越不像他了。"

"我一直想要努力成为他,可我不是他。"

不久后,老板娘从阳台上跳了下去,被送进了医院。

在一天阿金去医院探望老板娘的时候,她已经不见了。

阿金也不知道老板娘到底去哪儿了。老板娘丰润的嘴唇吐出话语:"我多想给你生一个孩子。"话语如雾,幻化成气体弥漫四周。阿金时常

四号旅馆

会想起老板娘说那句话的样子。阿金开始接手四号旅馆,依旧住在那间红色的、到处都有老板娘的屋子。直到现在阿金都没再见过老板娘。

有时候阿金想:生生死死,死死生生,都是为了一个"情"字。

八

我都快忘记自己叫什么名字了。

世间所有的事都在变化。有些事你总得在离开之后,才会发现那事已经那么久远。别以为什么事都是可以回来的,越是想要回来的事,越是逃得远。

很久之前别人都叫我崇石,后来人们都叫我老板娘。很久以前我觉得自己很适合住在自己的四号旅馆,后来我从医院逃跑就再也没有回去过了。很久之前我为一个男人改变了自己,后来也有一个男人愿意为我改变,可惜他不是他。爱一个人太深,掉下去了就像是溺水。

没事的时候我总是望向左边窗外的地方,可惜现在的窗外看见的都是高楼,一块块白亮的瓷砖像是一只只蜘蛛趴在墙上,没有一点儿温度。在我还在四号旅馆时,我左边的窗户外有一个水泥砌的灰色阳台,我清楚地记得松木最喜欢站在阳台上了。他夹烟吐雾的样子、他仰头看太阳的样子、他微眯着眼睛打量四周的样子、他抿嘴笑的样子,我曾无数次站在阳台模仿他的样子,四周都是灰冷冷的墙壁。

我也没有想过,我们到底是怎样开始的,很多事情不知不觉就来了。他穿着白色的衬衫,下摆翻卷在外本是我所不喜欢的,可在他的身上,所有的事情都变得理所当然。我像是个不会游泳的人掉在水里。

他每天五点钟左右都会从街口的电线杆处走过,我有意无意地在那里等。等到他快要靠近的时候,我躲在远处远远地看他一眼。你也知道我不是个胆小的人,我给自己鼓起了勇气,让自己也假装从电线杆经过。可是每次一看见他,我还是灰溜溜地跑到巷子里,远远地注视着他。终于有一天,我把自己打扮得英俊帅气,早早地站在电线杆旁给自己说了一下午的话,准备与他相遇。那个下午,他并没有来。说不清难过还是悲伤,我只是不想和任何人说话。那天我一直等到天黑了才回去。

第二天我更早地去街口等他。整个下午的时间过得非常慢,我的手心里都出了汗。他依旧没有出现。我抬头看了看天空,整个天空都慢慢地红了。我倚靠在墙上,空气闻起来苦涩难忍。这天下午我回去的时候,天还没有黑。

第三天开始的时候,我告诉自己他不会再来了。我开始每天五点钟的时候自己走过那个街口,在经过转角处的时候学着他的样子,抬头看看天空。天空血丝丝的,我的嘴巴里有一股咸腥味。

那个时候我觉得很失落。每天下午的五点钟,我都是一个人走。再也没有可以远远望着的人了。

在我自己走的第三十四天,他回来了。还是一件白色的衬衫、一条破洞牛仔裤。他的眼睛像是蒙上了一层氤氲雾气,里面有说不尽的回忆和翅膀扑扇飞翔的声音。我和他擦肩而过,我觉得我爱上了他。我以为

四号旅馆

这是一个梦，我以为我会醒来，谁知道，有些梦是永远不会醒的。

我开始和他做朋友，和他一起喝酒，和他一起聊天，开始慢慢地了解他。他跟着母亲一起过。他有很多的纸鹤。他只抽十五元的"南京"。他只喜欢女人。他还是个业余的诗人。

他曾经养过一只鸟。他以为他能把它想象成一只活的千纸鹤、一只会叫会飞的千纸鹤。时间久了，他觉得它越来越不像是千纸鹤了。他将它放出笼外，那只鸟飞走了，再也没有回来。他并没有觉得难过，因为他说，它终究不是一只千纸鹤。

没过多久，他就发现我喜欢他了。也是，喜欢一个人怎么能掩藏得住？你看他的眼神、你对他说话的语气、你无意识的动作，这些都像是陷阱，让你自己掉入。他说："崇石，我只喜欢女人。"

"如果我是个女人呢？"当时的我皱着眉头，血液沸腾得像是开水，不管不顾的样子还真令自己心疼。

"如果你是个女人，我就和你在一起。"他一只手托住自己的下巴，像是个玩世不恭的人。他歪斜着嘴角笑的样子真是要命。

我以为只要改变自己，就能改变我们。当我从医院醒来摸索着自己身体的变化，我的身体抑制不住地兴奋。当时我的眼里只有他一个人，为了他我可以做任何事呀！

我站在他的面前，从他挑眉吸烟的表情中我能看出他眼里的兴奋和欲望。那是我第一次碰触到他的唇、他的身体——我无比渴望获得的东西。所有的事物都是有代价的。

我开始和他手挽着手一起在五点钟的时候经过街口，在经过转角处的时候，他吸烟，我侧身凝视着他。我们在彼此的手臂上文着两个相同的字母——"HJ"。"HJ"来自一个故事，厮守的意思。这样的生活就像是一团黏湿的麦芽糖。

慢慢地我发现其实我一点儿都不了解他。我们开始争吵，先是一周一次，再就变成三天一次，最后变成睡觉都能争吵。我以为流泪能够除掉我身上的戾气，可是结果依旧。我以为我们可以一直在一起，因为当时我是那么爱一个人，爱他的思想，爱他深深的眼睛，爱他挺拔的鼻子，爱他水润的双唇，爱他的身体。我光鲜亮丽地、披荆斩棘地飞到他的身边，可是终究我也只是一只鸟，并不是一只千纸鹤。

有一天，他不见了，蒸发般地。我穿着红色的裙子去我们去过的每一个地方找他，我以为只要能够触摸到他的一丝气息就足以使我安睡，可是连空气里的味道都消逝了。

我一直当他是在开玩笑，你也知道他就像是个孩子。我愿意在家里等他三十四天，就像当时我一个人在街口处走了三十四天，他就回来了。我每天在家里打扮得光鲜亮丽，我每天下午五点钟的时候去街口，我每天在家里读他喜欢的诗，我每天在睡觉前跟他说晚安，我每天都在等着他回来。

第三十四天，我在阳台上坐了一个晚上。天空像是穿上了一件黑色的长裙，整个天空浓稠得化不开。周围的空气寒丝丝的，身体止不住地打战。在破晓之前，我站起身来，膝盖酸软差点儿跌倒。我扶住了栏杆，我告诉自己：第三十五天了，他再也不会回来了。

在不知道过了多少个三十四天之后，我收到了一封信，是松木的。

他说："你来找我吧，过完这个冬天就来吧！"

过完这个冬天我就要飞到他的身边去，可我将在这个冬天里死去。

越是相爱无望，越是互相折磨。

在两年之后，我顺着那张纸上的地址找到那个地方。那里已经是一座公园了。公园里树木郁郁葱葱，小孩在树下欢笑着荡着秋千，父亲在身后笑着推着孩子，母亲在一旁和人交谈。墨绿色的树冠就像是撑起了一片伞。当时正是雨后，泥土的清香像是一张毯子，轻轻地盖在了我的身上。

我以为我们之间是可能的。我以为两个人在一起只要一个人做得好就行了。我以为我可以通过改变自己来改变我们。

有一天，他对我说："承认吧，我们之间永远不会有明天。"

九

在深夜的时候，松木接到了母亲打来的电话。母亲让他有空儿回去一趟，他的父亲想要见他一面。他低声地答应了，站在窗户边看着对面高楼不知疲倦的霓虹灯。他放下早已挂断了的手机。

松木记得以前看过的一部电影里有一句台词是这样的："我以前听人说过如果刀快的话，血从伤口喷出来的时候像风一样，很好听。"松木看了一眼笼罩在白炽灯光中的自己，拿着一把水果刀快速地在自己的手心处划过。那速度应该是很快的了。松木低下头,把手心凑近耳朵,没有声音。他越靠越近,直至耳朵处感到了一阵温热。他知道,自己的刀还不够快。他把水果刀放了回去,清理了下伤口。他觉得累了。

松木有时候觉得很奇怪,明明自己什么都没做,就单单是窝在沙发里,他也会觉得困乏。他的眼无焦距地想要注视什么,到后来还是作罢。

那晚,松木又听到了一些呻吟声。他在纸上写下:"眼睛/一颗红色的液体/沙滩上满是奔跑的双腿。"

第二天松木就回家了。松木站在一旁看着躺在床上的父亲。父亲的容貌呈现出病人所该有的衰败的感觉:眼窝深陷,全身瘦得近乎剩下一层皮,肚子却鼓胀得像个皮球。松木想起自己印象中的父亲一直是个意气风发的男子,他风流,酗酒,在外面找女人,这些元素一直都是父亲曾经给他的印象,母亲则隐忍柔弱地维持着这个家庭。松木望向窗外。父亲醒来想要拉拉他的手。松木凑近了床,弯下腰主动握住父亲的手,像握着以前窗外那些一到冬天就全都落叶的枝丫——干枯、坚硬,没有生命的气息。所有东西在死亡面前都显得微不足道。

"我回来了。"松木说。

松木父亲的眼睛睁开了又闭上,闭上了又睁开。松木觉得父亲正在用力地握着自己的手。松木呆愣住了,他不知道父亲想干吗。

过了一会儿母亲进来了。她摸了摸父亲的肚子,对松木说:"该给他抽水了。"她从抽屉里翻出一些医疗用具,有纱布、橡胶管、一只粗大的针筒，还有一些麻醉药。松木站在一旁看着母亲撩起父亲的衣服，很熟练地在父亲的腹部注射了一剂麻醉药。在等待麻醉效果的时候，她转过脸对松木说："每隔半月就得为你爸爸抽一次水。"她说完抿嘴笑了一下，像个害羞的姑娘。松木不知道该说什么，只是在想为什么变成了这样。

这时母亲拿起那只大针筒。她用手指在父亲的腹部量了一下位置，在一个地方轻轻地推进，边推边问父亲："有感觉吗？"父亲的表情没有任何变化，就像是这些动作发生在别人的身上。母亲从父亲的腹中抽出了一大针筒的黄绿色的液体。"把那个脸盆拿过来给我。"母亲说。

松木一动没动。

母亲转过头看了一眼松木："把那个脸盆拿过来。"

松木这时才反应过来，赶紧过去把脸盆递了过来。

松木只见过一次母亲为父亲抽水，那次总共抽了两针筒半，足有半个脸盆。松木想要倒掉这些水的时候，母亲制止了他，她说："我来就好。"

母亲抽完水后又给父亲注射了些药品。等把这些事情都忙完之后，母亲的额头已经出现了一些汗。松木这时才注意起了母亲。她也已经变老了很多，眼角的皱纹又深又长，像被什么拉扯的。自从上次母亲告诉他父亲得病之后，他就再也没有回来了。他一直想要逃，逃，逃，他觉得自己的身体里像是有什么东西想要逃出。

母亲说："既然回来就在家多待些日子吧。"

松木点头。母亲为松木铺好了床，晚上，松木看过一眼父亲之后，就躺在了床上。他想起了很多年前的事。对于父亲在外有女人他早有耳闻,直到有一天母亲在外抓到了赤身裸体的父亲和一个女人。所有的这些活动母亲都是在松木毫不知情的情况下进行的。

那天的争吵极为激烈。父亲和母亲各自摔坏了他们结婚时相互交换的信物。那是一对上面缀有许多只像是要飞的纸鹤的瓷器。满地的碎片,纸鹤七零八落地躺着。窗外的天空像是烧起来了一样。

这个夜晚,母亲抱着松木哭泣。

漫长的夜晚、昏暗的灯光、在自己床上睡着的母亲、疲惫不堪的气息、在别的女人家里过夜的父亲、无尽的争吵、碎了一地的纸鹤……这些细节在松木的心里清楚得要命,使他觉得自己十分孤独。他恨极了对母亲不忠诚的父亲,也恨极了无能为力的自己。

所有的连带效应带来的效果也作用于母亲,松木远远地离开了家,偶有母亲打来的电话也是草草挂断。他觉得破碎的情感是如此使他身心俱疲。

这么多年来,他一直记得那时他小心地问母亲:"要不你和他离婚吧?"那时他已经不叫他"爸爸"了。母亲一下子抱紧了他,使劲儿摇摇头:"起码这还是一个家。"

回家的第二天的晚上,母亲当着父亲的面问松木:"在外有没有找女朋友?"

松木注视着母亲的眼睛。她把一生都耗在了父亲的身上,就像是陷入了一片沼泽地,松木不明白她这一生获得了什么。"没有。"他斩钉截铁地说。也就是在那时,松木第一次意识到自己和父亲如此之像。

松木低着头回到了自己的房间里。他想起了那个为他改变自己身体的人。那个人以为通过改变自己能够改变彼此，可最后松木还是离开了。松木越发觉得疲倦了。所有的琐事都像是水冲刷着生活，那些承诺和情感都开始慢慢褪色。他都忘记了那是个怎么样的女孩，只记得她抹着红色的口红，穿着红色的衣服，涂着红色的指甲油。她是如此爱他，可她并不能维持他和他那卑微地爱着父亲的母亲的那层关系。

在父亲临走的那一天，父亲拉着松木的手，张了张口想要说什么，松木听不清楚。母亲说："靠近去听吧。"松木弯下腰把耳朵凑近父亲，依然没听清楚父亲在说什么，于是又凑近了些。直到松木把耳朵贴到父亲干瘪的嘴唇上时，父亲咬了一下松木的耳朵。母亲说："你爹说他想有个孙子。"

松木呆愣住了，接着眼泪就下来了。那天，他一直拉着父亲的手。他说："爸爸，爸爸。"就像是那么多年来他不曾忘叫过一次。

松木最后是留在家里了。母亲为他找了个不错的女子。这个女子也爱穿红色的裙子。

只是偶尔半夜梦醒，总以为她还在身边，探手过去，被凉如水。月光皎皎，再闭眼已是难眠。他明白就算他终其一生，用尽全力，也给不了她想要的。他的家只有那年他和她一起走过的街道，而今他一直在漂泊。

新婚那夜新娘说："给我写首诗吧。"

他点了点头，写下了一首诗：

向我走来吧，我的爱人

我的身上装满了钢筋铁骨

深色的皮肤，褐色的头发

让我跪下吧

亲吻你的双手

世界上的话语都被说尽

骑着马的美梦被扼杀

摇篮里的小被子在唱歌

灯光里的水，一直流淌

你还记得吧

我都忘记了

再见了，我的爱人

我想为你摘一朵玫瑰

红色的血像是调皮的孩子

庭院里铺满欢声笑语

睡着的死亡姿态

树下的秋千，晃来晃去

围上篱笆吧

再帮我一次

四号旅馆

遗忘在河水里的戒指

在河蚌的坚硬壳里，低声哭泣

一股春风带着

花香、彩色的羽毛、金太阳

和一堆干枯的落叶

白天，黑夜

黑夜，白天

搬来一张床

铺上一床印着碎花的被子

回来吧，我的爱人

我的双手都布上了皱纹

墙角的锄头生出锈迹

干瘪的树干伸出手臂

树叶纷纷掉下

篱笆边长满了绿色的植物

再亲我一下吧

我的爱人

穿着红色婚纱的新娘问："这首诗叫什么名字？"

"《回来吧，我的爱人》。"

八月之夜

白天的日子开始变得漫长而又充满了陈腐的味道,就像是放置已久的水果,表面发皱,凹凸不平,从根子里散发出河床深处的味道,被咀烂的黑洞里的白天变得多云。

一

　　白天的时间越变越长，明亮的光一块块地碎在地上。外公就是在这样的季节里去世了。

　　在葬礼完的那天傍晚，母亲把外公生前穿过的衣服都收在一个硕大的筐里，用一条绳子拴着，她拖着它出了门、下了楼。我尾随着母亲，那些奄奄一息的衣服在下台阶时，在筐里不断碰撞、跳跃。母亲将它们拖到了院子里，她把它们一件件地砸进火里，溅出的零星火光，在昏暗的光里一下子就灭了。我仰起头看着滚滚的浓烟不断升向天空，母亲一脸疲倦地、麻木机械地重复着扔衣服的举动。就在最后一件衣服扔进去的时候，母亲跪在地上，衣袖被火点着了，等我们去扑灭的时候，母亲哭了。

　　天空被烟搅得混浊不堪。

　　第二天谁也没有见到母亲。直到夜深母亲才拖着一个一米左右长的木盒回家。她把那个木盒子放在卧室里，人躺在床上目光正好能对着木盒。这样的情景让父亲觉得心里凉森森的，没过多久父亲就搬到客房去睡了。母亲时不时地蹲着身子注视那个木盒，棕色的油漆涂抹在上面还未干透，即使在客厅里也能闻到那股味道。母亲沉迷于这种味道当中，她在里面烧香，烟雾缭绕的房间像是一个烟囱，白晃晃的银光块在烟雾中跳跃，透过窗户的光横跨在盒盖上方像一条绳子。

二

　　事情最先发生于谁都没有预料到的情况下。母亲时常倚在窗户边，或靠在木盒边，不和任何人说话。日子趴在她身边如同化成了一摊黏稠的糖浆。

　　有一天半夜我被一阵响声吵醒。父亲站在母亲的房间门口，他的肩膀紧张地颤动，在光的投射下背影变得格外黑。我踮着脚尖走到父亲的身旁，母亲半躺在木盒子里，木盒子的盖子翻在地上，月光在母亲胸口处打结。她仰着头，瞪大眼睛看天花板，凝神而对周遭失去知觉，周围的空气发出了水开一样的沸腾声。

　　窗外的夜色越来越深，月光却越来越亮。时钟在客厅内发出嗒嗒的响声，油漆味在空气里旁若无人地游荡。父亲眉头深锁地看着母亲沉浸在自己的木盒子里，却丝毫没有注意到站在他身旁的我。他走进客房，锁上门在里面压低声音怒吼。木质门与墙之间的缝隙里爬出无数只密密麻麻的像蝎子一样的虫子，它们的身体借由着一条条细若绳子的腿从父亲的房间涌出，涌向四面八方，而母亲依然在木盒子里一脸平和地看着月光上方的天花板。

有什么事就要发生了。

天还没有大亮的时候我就醒了。有一小截儿彩色的衣服从虚掩的衣柜门后露出，那是母亲的睡衣。我下床打开衣柜的门，母亲转过头看了我一眼又转过去，速度之快以至我以为自己产生了错觉。她在衣柜里侧着身子用手护住头，衣架上所有的衣服都被她拉扯下来盖住自己的身子，她整个人陷进衣服里。那些五彩缤纷的四季的衣服仿若拼接成一卷被子，真实的、冰凉的、不可知的情绪在衣柜里窜行。母亲全身无力得像是兔子。我蹲下身子在母亲的面前唤她，这时她才又慢慢地转过头来。她双手绞在一起，张了张嘴什么都没说就又闭上了，紧接着脸部颤抖了几下，嘴角淌下一丝涎水。

闷在衣柜里，母亲的头上已经冒出一些汗珠。我帮母亲把额前的头发拢到脑后："怎么了？"母亲凝视我好一会儿，然后伸手指向窗口。灰色、沉闷的天空耷拉在树枝上，黑压压的烟雾就像是一群乌鸦不断飞向天空，即将擦亮的白云被烟雾熏绕得越来越远。我呼吸加重地走近窗口，窗外的景象让我一下子愣住了。

空气被金黄色的火焰炙烤膨胀，那些摇晃着身体的火焰在浓浓的烟雾中吐露舌头，吸收着空气的水分，发出难听的声响。母亲在我身后发出了异样的呼吸声。我转过头看她时她已经睡着了，双手搭在衣柜的门上，脸上的泪痕还没有干。她蜷缩在一个逼仄狭窄的空间里。

我突然感觉到一阵眩晕。整个衣柜在不断地向里延伸，母亲在我的眼前缓慢下陷，我惊恐万分地冲过去试图用手抓住母亲，就在那一刻，衣柜又恢复到原来的模样。母亲睁开眼睛紧紧地搂住我，心脏跳动发出温热的声音，我用手轻轻地拍着母亲的后背安抚着她。她用手掌遮住我的眼睛。过了一会儿她从衣柜出来，牵着我的手来到了楼下。

院子里沉闷的空气像是凝固住了，连移动步伐都仿若是陷进糨糊里，随时会与之凝结成一块。那些在烟雾中的人捂着鼻子走来走去，红润如血的嘴唇在烟雾中张开又闭上，显得焦急难耐。母亲领着我穿过烟雾，穿透一群群人，站在了第一排。父亲站在火焰旁边。父亲正在烧母亲的木盒！

此时我无比希望母亲正在睡觉。她盯着那个冒着火焰的木盒。烟雾一层层地攀到母亲的身上，像血管一样地在母亲的脸上显现出来。母亲放开我的手，双手捂住眼睛蹲下身子，一动不动，像个残桩。那些烟雾在母亲身上聚集着讨论，它们都长着很大的眼睛、高挺的鼻子、干瘪的身子，行动蹒跚，垂垂老矣。

父亲在烟雾中没有注意到任何人，他的皮肤、头发、衣服都染上了这些烟雾铸就的色彩。忽然我看见昨晚从父亲房间涌现出来的那些黑虫子又从院子四周像潮水般涌过来，它们离父亲越来越近。它们爬到那些围观的人的身上，有些人在地上痛苦地挣扎，翻来滚去；有些人只当是些小虫子，一弹就又聚精会神地看着；有些人却一点感觉都没有。奇怪的是他们彼此都没有瞧见，每个人都像是住在一个盒子里

八月之夜

面。眼看着那些虫子离父亲越来越近,我跑过去拉着父亲的手:"别烧了,快跟我走,有虫子。"

周围响起窸窸窣窣的声音。父亲甩掉我的手,皱着眉头转过身子看着我。他朝我大吼:"吵什么?!"我被父亲的凶狠吓到。周围的声音越变越大。这时母亲站了起来,所有人的目光都聚集在母亲的身上。母亲呆呆地站着,眼睛盯着那个冒出滚滚浓烟的木盒,双眼空洞洞得像萧瑟的冬日里能把人皮肤刮裂的凛风。

"快把你妈带上楼去。"父亲指着母亲。

我绷紧整个身子在众人目光的海洋中向母亲游过去,牢牢地牵住她的手。母亲顺从地转过身子,就在快进门的时候她忽然转过头对着背后的人笑了一声。那些黑色的虫子全都不见了。黑烟依旧滚滚飞扬。

一回到家,母亲说了句"我很累"就回到自己的屋子里。等父亲回到家的时候,母亲已经蒙上被子睡着了。

母亲一直睡到第二天清晨才起来。所有的日子都回到了以前的样子,母亲早早地起来准备餐点,等大家吃完早饭后她去洗餐具、做家务。把事情都忙完之后,母亲耷拉着双肩站在窗户边,茫然若失地望着前方的天空。她的双眼在那时像是布满氤氲水汽,里面的世界一个套着一个,人们在里面不停地追逐着。

这样的日子开始变得贫瘠、涩滞而且乏味。母亲在这些事情的磨炼下变得愈加敏感。有时候她会在做家务做到一半时就停下动作竖起耳朵,像在听什么,偶尔她听不清楚的时候便会来到我的房间问我是不是听到了什么,空气就像是一块干瘪的面包没有丝毫的声音。母亲和我心照不宣地没有把父亲牵扯到这件事情里来,她没有问父亲听到什么,我也没有和父亲说起这件事,就像是在建立一个全新的基础,我觉得我能靠自己来让这个夏天快点过去。

三

盛夏到来的时刻逐渐逼近,人的身上一沾上空气就变得黏糊糊。越来越多的老人在院子里那棵茂密的树下乘凉、密语。空气在蒲叶扇下到处盘旋,树叶们聚集在一起争论,脸色越变越绿,空气的温度也越变越热,整个院子都冒出一股浆果的香味。就是在这样的季节里,有人来到我们家,事情发生了另外一种变化。

在整个房间沉浸在一股闷热的浪潮中的时候,有人在叫母亲的名字。

"秀霞,秀霞!"

我还没到阳台时母亲已经抢先站在阳台往下望。

"哎呀,你怎么来了,陈叔?"

外公生前的好友陈大爷站在我们家楼下,向上张望着,从楼上望下去只能看到他花白的头发。"我路过。你们现在过得怎么样了?"

"上来坐一会儿吧!"母亲说。紧接着母亲解下围裙,一溜烟地跑下楼去。母亲一出楼就抱住他,她弓着腰搀扶着他上楼,就像是有什么东西在俯视着这下面发生的一切。

陈大爷进门的时候又问:"你们现在过得还好吗?"

"阿伯今天怎么来了?"

陈大爷慈爱地看着母亲,母亲跟在他的身后竟蹑手蹑脚地进来。我躲在房间里清楚地听见母亲叫他"阿伯",那是母亲对外公的称呼。母亲的声音仿若变成了两只掉落在地上的眼睛,与躲在房间里的我对视着,眼里布满了血丝和悲伤,整个世界在它们眨眼的时候颤抖着、摇晃着、危险地倾斜着。

陈大爷坐在沙发上,母亲坐在他的旁边望着他。

"阿雄呢?还没下班回家吗?"陈大爷接着说,"还是要好好地生活。"

母亲和陈大爷念叨起了以前的事情,陈大爷在一旁听着。"这些事情你还记得吗?你还笑我以后嫁不出去呢,现在我都有一个孩子了。"母亲滔滔不绝地说着。

陈大爷一言不发地坐在沙发上,他的眉头越皱越紧,额头上刻出一道道深沟。这时母亲说:"把你手上的那个银板戒给我吧。"

陈大爷缩了下身子:"你要它干吗?"

"我很喜欢它,送给我吧,阿伯。"

陈大爷凝视着母亲,微眯着双眼,过了一会儿将银板戒褪了下来放在母亲的手上,母亲戴在中指上刚刚好。"以前你阿伯也有一个一样的银板戒,后来丢了。"

母亲像是没听见,在客厅里走来走去,脚步越来越快,戴着银板戒的手高高地举起,白色的戒指像是一块光印在手上,欢快的笑声清脆悦耳地洒了一地。窗外的天青灰一片。

陈大爷起身,弓着腰整理了一下衣服说:"我要回去了。"

"不在这边住下吗?"

陈大爷摇了摇头:"我得回家去了,女儿还在家等我呢。"母亲听到这句话立马跳到陈大爷的面前挽起他的手臂搀扶着他出门。就在快出门的那一刹那,陈大爷立住了,他的眼睛看向母亲的卧室。他推门去了窗户那里,手摩挲着那块布:"真漂亮。"母亲在旁边笑出声来。

我站在窗户边看着母亲搀扶着陈大爷,两人像是两个小黑点逐渐消失在我的眼前,过了一会儿母亲回来了,她开心极了,蹦蹦跳跳的,仿若回到了少女时光。

黄昏来临,就像点亮一根蜡烛,树叶覆上一层闪亮的光泽,气氛显得肃穆而又凝重,整个院子都被这种光芒所笼罩着。就在母亲推门进来的那一刻,远方的山头涌出了紫红色的光芒,太阳消失了。

母亲面带微笑地走进自己的房间,她像陈大爷一样地摩挲着窗帘,感叹着说:"真漂亮。"那挂窗帘的底部绘着一大片墨绿色的草,每一棵草上都盛开着一朵红色的花。草的上方绣着一座接一座的山丘,山丘上奔腾着无数只鹿。每一只鹿身上的花纹都是不一样的,不规则的形状在褐色的皮肤上肆意地伸展开,就像是初生的希望在迎接着黄昏宫殿的重建。你看山峰像鹿,你看小草像鹿,你看红色的花朵也像鹿,它们飞跃奔腾在绣满了的繁复的花纹中,卷曲的、缠绕的线条制造出了眩晕感。母亲在那窗帘前嗅着,低语着,仰着头,母亲看起来也像一只鹿，整个身体好像都要融进那挂窗帘里了。

"你在哪里买的这个银板戒？"下班回来的父亲问。

"我爸送的。"母亲抬起头来说，然后低下头仔细地端详着那枚银板戒。空气中就像传来了一阵阵电流，父亲的脸色变得极其难看，他看了看我，没说什么就低下头进了屋子。

四

就是在陈大爷走后的那一个傍晚，母亲开始对窗帘表现出了极大的兴趣。母亲花越来越多的时间在街上的窗帘店里，家里的窗帘几乎每天都在换。母亲不断地拆下、装上，每一间屋子都像是变成充满一片片绚丽色彩的世界。父亲对于母亲的行为没有多加制止，只是在外面待的时间越来越长，每次回房间他都能看到一挂新的窗帘。终于有一天，我在房间里听见窗帘被从杆上拉扯下来的声音，唰唰唰，在空气的传递下，声音又回到用以前那挂窗帘的时候，梅花鹿在客厅里奔跑，地上长满翠绿的青草，细细一闻还能闻到青涩的青草味。我赤着脚跑到母亲的房间门口，半边窗帘躺在地上，父亲手抓着窗帘的一角，母亲在一旁盯着垂在半空的窗帘。父亲瞥见了我，把手上仅抓着的一角窗帘狠狠地拉扯下来，窗帘瘫在地上。我一下子溜回房间。

我躲在被子下急促地喘息。忽然被子里像是聚集满了黑色的虫子，它们紧紧地追着我，我一路奔跑到一片宽阔的森林之中。阳光仿若一股泉水从天上喷涌而来，弯曲的树木指向了天空，母亲坐在树梢上冲我微笑。太阳光越变越大，照得我眼睛都睁不开，于是我趴在草地上。我听见一声鸟叫，一只鸟扑扇着翅膀掠过我的后背，像是带来了一股微风，有无数只的梅花鹿在我的后背漫步，它们在清晨觅食，在黄昏交媾，体液和乳汁相混合的味道带来魅惑。我转过身子抬起头看向母亲的时候，她已经不见了。我的心扑通扑通地跳得很快。

我从被子里冒出了头，被子里真是热极了。窗外的月亮孤零零地挂在天上。

之后的日子里母亲往家里带越来越多的窗帘。我和父亲惊奇地发现母亲经常对我们笑，她做的饭菜也越来越可口，时不时地她还会给我和父亲夹菜。父亲搬回曾经和母亲共同拥有的屋子。

没过多久母亲就不再满足于每天一换窗帘，她尝试在同一根窗帘杆上挂两挂窗帘、三挂窗帘、四挂窗帘。窗帘杆被窗帘挤压得紧紧的，阳光只能从布缝里透进来。房间内显得昏暗，母亲却异常满足地躺在沙发上看着自己的杰作，窗帘就像是一幅泼洒上去的油画，色彩斑斓得如同一只蝴蝶。母亲发出"咯咯"的笑声，透进来的五颜六色的光在母亲的脸上呈现出奇怪的色彩，她的眸子明亮而又水灵。渐渐地家里堆满了一卷卷绘着各种图案的窗帘，就像是一棵棵树。家里变成了一个森林。

父亲终于忍不住了。在吃饭的时候他盯着母亲："你把窗户都用窗帘盖上了，还有光线能进来吗？"母亲低着头吃饭不吭声。"你让小弟怎么学习？"父亲放下碗筷说。

母亲抬起头瞥了我一眼,就是那一眼让我觉得紧张极了。母亲像个无助的小孩。

"没什么的,我有台灯,可以学习的。"我急忙替母亲说话。

父亲把筷子摔在桌上,发出的声音把我和母亲都吓一跳。"什么没什么?!你再说一遍!"父亲的声音大了起来。

我低下头默不作声。这时母亲抬起头来看着吊灯,泪从眼角掉下来。父亲气急败坏地骂了一声就进屋了。

第二天家里的窗帘都被拆下了,光秃秃的窗帘杆像晚期的病人,奄奄一息。家里吃饭的时候大家都默不作声,像在进行着一场什么仪式,母亲又表现出魂不守舍的样子了。过了几天我发现窗帘杆上开始挂上了一条条窗帘。母亲的身边堆满卷成了圆柱形的窗帘,那些窗帘排列成一个方形的样子,母亲坐在正中间,拿着一把剪刀把一挂挂窗帘剪成巴掌宽的布条。

"妈,你在干吗?"

母亲并没有回答我。已经剪好的布条排列整齐地堆在一起,边边角角还能看见五颜六色的线头,剩下的布匹散乱地躺在一旁。

过了一会儿母亲进了我的房间,她把桌子拉到窗户下,然后吃力地爬上去,把那些裁剪好的布条一条条地挂在窗帘杆上。等把几间屋子的窗户都挂上布条之后,母亲站在我房间的门口问:"这样子还会影响到你吗?"

我拘谨地摇摇头。

打开窗户,那些布条竟能随风飘起,窗户上就像是挂上了一只只五彩的蝴蝶,屋子里充满了春天的气息,隐约之间还能听见翅膀扇动的声音。母亲站在门口对我露出了笑容。

当天晚上父亲回来看见家里的窗户上挂满了色彩斑斓的布条愣住了,奇怪的是这次他并没有表现出什么不满,只是轻轻地叹了口气就坐在桌子旁等母亲端饭,可是那一顿饭父亲吃得心不在焉,整个过程中动作显得迟钝无力。

当夏季逐渐走到了六月的尽头,当父亲桌上烟灰缸里的烟蒂越来越多的时候,当母亲沉浸在她那些浓墨重彩的布条中的时候,陈大爷来了。

他站在客厅里,绯色的阳光零零散散地贴在陈大爷身上,母亲站在一旁兴奋得忘乎所以:"怎么样?是不是很好看?"陈大爷皱着眉,脸上的皱纹聚成了一团:"这里怎么变成了这样?"他去了每一间房间看,一直看到母亲的房间,他嘟囔着说:"根本就不是这样的。"

母亲呆若木鸡,紧接着陈大爷就不见了。母亲一下子栽在沙发上,仰着头,手里还拉着窗帘杆上的布条。忽然母亲像是疯了一样,她把那些布条全都撕扯下来,唰唰唰的声音无力地呻吟。她拖着它们冲到柜子旁,拿起剪刀使劲儿乱剪,生命发出咔嚓咔嚓的声音,黄昏的色彩变得越发恐怖。我"嘭"的一声关上了门,坐在床上不安地看着门。

要来的总归是会来的。母亲在门口敲门,叫我开门。我站在床上没有回应。门外的声音越来越大,母亲大吼大叫:"给我开门!"她用脚踢门。

我惊慌失措地去开门,母亲一下子把门推了进来,她恶狠狠地扯下窗户上的窗帘,在我的面前把那些布条剪得粉碎。

在出我的房间之前,母亲对我笑了一下,问:"晚上你想吃什么?"

八月之夜

五

之后的日子，母亲又陷入了一种不安的、充满幻觉的状态。

母亲说："我感觉有一条绳子绑住了我，你们快帮我解开，快帮我解开。"她的身上什么东西都没有，她拿着那把红色的剪刀在空气中乱剪一通。更奇怪的是，我发现母亲的银板戒越变越小，就像是在空气中无形地蒸发。以前的戒指板面有一个大拇指宽；后来剩下的板面和戒指环本身差不多宽，母亲丝毫没有发觉；终于有一天傍晚，那枚银板戒不见了，凭空消失了。是有过预兆的，可是母亲对这些总是显得迟钝。

母亲在家里翻箱倒柜，在客厅里焦急难耐地走来走去，边走边说："我的戒指呢？我的戒指怎么消失了？！"父亲回来一进门，母亲就冲着他喊："我的戒指呢？它怎么不见了？你是不是偷去了？！"母亲朝着父亲怒吼的样子像是一只狮子。窗外的空气闷闷的，越变越暗，树叶飒飒作响。

父亲双手抱胸歪着头看母亲，鼻孔里哼出一声。我站在卧室的门后说："它慢慢地消失了，不是爸爸拿的。"

"怎么可能会消失？！那是我阿伯给我的，我阿伯的东西怎么可能会消失？！"母亲蹬脚挥手，头发凌乱地甩来甩去，一种不安的能量因子在悄然地酝酿着。我们谁也没有想到母亲会在搜寻无果之后跑了出去。

等我和父亲反应过来冲下楼去找母亲的时候，已经找不到她的踪影，就在那么一转眼的工夫。

已是傍晚，天空像一块吸足了污水的灰海绵，风也越来越大，阵阵大风开始向空中纵扫而上,我裹紧衣服向前寻找着母亲。

在街的尽头我遇见一个女孩儿。她的衣服显得格格不入,盛夏的季节她围着一条红色的围巾,穿着一件黑色的大衣,静止不动地站在匆忙离去的人群中,就像是一座雕塑。她的头发向后肆意地飘扬,眼睛直勾勾地看着远方,目光空洞,全身松散。忽然天空下起雨来,一颗颗豆大的雨水坠到她的身上。我从她身边擦过,她的身子在轻微颤抖。

天空的颜色越变越深,风就像是刀刃一样在天地之间任意穿行。人们看不见这股大风,你可以听见它的声音,它在怒吼着,每吼一句,雨就来得更加凶猛。忽然天空中闪了一道亮光,我连忙躲进屋檐底下。一道闪电就像是要把整个天空都劈开来,那些金黄色的裂缝纷纷涌出疯狂的力量和充满电流的线条,整个天空就像是即将爆炸的能量球,止不住地颤抖,随后天空传来了轰隆的巨响。

我用衣服紧紧地裹住身子,抬头看向天空,风在空中变成一片黑色的迷宫,无情地向上扩张着。雨在风中竟像是一卷卷波浪不断地向前推进,闪电和就要炸开天地的响声在波浪中隐匿。忽然我的眼前掉下了一个棕色的水桶,它倾倒在地上翻滚着身子,就像是在发出乞求式的呼喊。就在这时,我发现母亲在不远处。她耷拉着身子倚靠在墙壁上,身上的衣服已经湿透,头发凌乱地贴在脸上。我朝她跑过去,紧紧地抱住她。母亲在轻微地颤抖,她在我的耳边叫着我的小名:"小弟,小弟。"我抚着母亲的脊背,轻声地说:"没事了,没事了。"

没过多久雨就停了,它风风火火地涌向了远处,发出就像是马车驶过的声响,天空刷出了新的颜色。母亲和我回到家的时候,父亲还未回来。母亲全身湿答答地坐在沙发上发呆,她还没有从惊恐中醒过神来。一会儿之后父亲也回来了,他也全身湿透了。母亲一见到父亲就扑到父亲的怀里,父亲全身僵住,母亲发出呜呜的哭声,父亲缓缓地抱住母亲,安抚着母亲:"没事了,没事了。"他们身上的雨水一滴滴地滴在地板上。

那晚我在深夜听到一些奇怪的声响,我蹑手蹑脚地来到了客厅寻找声源,声音是从父母的房间里传出来的。

我踮着脚尖回到了自己的屋里,关上门,像被抽空了力气一样倚着门坐在地上。

六

我以为下一个夏天即将到了,渐渐地我发现各种事情开始以某种疯狂的节奏接踵而至。

有一次清晨我还在睡梦中,母亲将我摇醒。我睁着眼睛看着披头散发的母亲。

母亲站在床边走来走去,然后扯过我的被子裹在自己的身上,像个蚕蛹。她面带狡黠的笑容凑近我说:"我跟你说个秘密,你不要告诉别人。"

我点了点头。

"昨晚我梦见天堂了，就你外公待的那个地方。那里可真美呀，里面都是五彩斑斓的鸟，我敢打赌你一辈子见过所有的鸟都不及我在那儿看见的一半多。有各种各样的小鸟，我都看得眼花缭乱，好像到处都是彩虹和悦耳的声音。它们分布在天堂里的每一处，有空中飞的，有在树上栖息的，也有在地上漫步的……而这些都不是最重要的，最重要的你知道是什么吗？"我摇摇头。母亲站了起来："我看见了你外公！"

"他穿着一件灰色的格子外套站在那些鸟中间。"母亲的声音轻微地颤抖，神采飞扬，好像又置身于那个天堂当中。

那天晚上母亲从外面带回来一个鸟笼，里面有两只金黄色的小鸟。母亲一回来就把那个鸟笼挂在自己的屋子，她在屋子里对我喊道："小弟，你过来看看，这两只小鸟漂不漂亮？"

我蹲在鸟笼前注视着这两只小鸟：几乎通体金黄；翅膀有一半的羽毛是灰、黑、黄三色相间，逐渐向外扩散，就像是一把扇子，张开来在笼中小范围地飞翔；它们腹部是黄绿色，一只颜色鲜艳炫目，另一只颜色稍微暗一些；嘴巴胭脂红；在一圈红色的眼睑映衬下，黑色的眼珠就像是一颗宝石散发出魅惑人的色彩；最引人注目的是它们的头部，那里有一道宽阔的黑色带斑的羽毛向两侧延伸，和黑色的贯眼纹相连形成了一条围绕在头部的黑带，在金黄色的头部中就像是有一条绳子拴着。我转过身子看着母亲，她换上了一身黄色的衣服，微眯着眼睛盘腿坐在床上。我从母亲微眯着的眼睛中嗅出了像是这个夏天发出的生生不息的咕噜声。

那天晚上父亲一进门就皱着鼻子问:"什么味?"

我坐在餐桌前一言不发等着母亲上菜。父亲见没人搭理他,把公文包扔在了沙发上,拉开椅子的时候发出了很大的声音,我尽量克制自己,不去看父亲。把所有的饭菜都端上桌后,母亲又去房间里。父亲向后仰着身子看向房间,他的呼吸变得粗重,眉头紧锁。

那个晚上母亲的两只鸟不知为何一直鸣叫,我在那些声音中开始担心某些事的发生。果然我听见母亲的尖叫,父亲将那个鸟笼扔出了房间,母亲咚咚地跑过去捡起来,那两只鸟发出更为尖锐的、惊慌的声音,母亲带着呜咽声安慰着它们:"不要怕,秀霞。"

我的心咯噔了一声。"秀霞"是母亲的名字。

父亲气冲冲地从自己的屋子出来,又进了客房,"嘭"的一声关上门。这一晚我蒙着被子昏昏沉沉地睡着了。

七

白天的日子开始变得漫长而又充满了陈腐的味道,就像是放置已久的水果,表面发皱,凹凸不平,从根子里散发出河床深处的味道,被咀烂的黑洞里的白天变得多云。

母亲买米的频率越来越高,指甲也开始不修剪,时不时还会发出几声怪叫,就像是鸟叫。一次我躲在门后看见母亲把脸贴在鸟笼上,那两只小鸟跳到鸟笼的边缘用它们那红色的尖锐的嘴巴啄着母亲的脸。我在后面"吓"地惊呼一声，母亲腾地一下蹦起来，耸着整个后背转过身，看是我才放松身子。她用一种很奇怪的眼神看着我。我以为母亲的脸上会流血，至少会有点被啄出来的红点。什么都没有。

母亲招呼我到她的身边。她转过身依旧逗着那两只小鸟，她说："秀霞，这是我的儿子。快和他打声招呼。"那两只鸟通灵一般地朝我叫了起来："哩哩哩！哩哩哩！"它们在笼子里张开了翅膀，仰起头，头部黑色的斑块隐匿在了金黄色的羽毛中，全身闪闪发光，像是太阳。母亲这时竟然也发出了"哩哩哩"的叫声，她说："我也在天堂里了。"

这样的事态愈演愈烈，母亲对那两只鸟宠爱到走到哪里都要随身带着的地步，可是我能敏锐地觉察到母亲的心变得像是一个无底洞，空空的，风声在洞里盘旋不停。母亲时常站在电话旁，一手拎着鸟笼，一手拿着电话，进行一场假想的对话。她嬉笑着对着电话说："阿伯，你怎么样了？现在天越来越热了，你要小心点呀。"偶尔母亲看见我出现在客厅里，还会转向我说："小弟，是你的姥爷，他想和你说话。"

我全身僵硬地站着。两只小鸟在鸟笼里叫得欢乐。我瞪着它们。母亲带着乞求的眼神看着我："过来和你姥爷讲讲话嘛。"母亲全身脏兮兮的，像个落魄的乞丐。就像是被当作傻子，我的心里那一刻也出现了一个巨大的洞，有一股波浪涌向我的脑袋，我的血液在剧烈地沸腾。"够了！"我朝母亲吼叫，重重地关上了门。客厅里一片寂静。世界热乎乎的。

终于有一天,我的母亲——那个异想天开的异乡者,那个沉浸在自己世界的被放逐者——将那两只小鸟放飞了。

那是已经快到黑夜的时刻,窗外的天空已经显得藏蓝一片。母亲将鸟笼挂在窗框上,打开笼子将两只小鸟分别拿出来,她凝视着它们,对它们说话,末了还发出"哩哩哩"的声音。它们在母亲的周边跳来跳去,盘旋许久,直到母亲再次发出"哩哩哩"的叫声,它们才展开翅膀飞向远方。金黄色的身体在深色调的、浓稠的空中显得异常地明显,就像是提前到来的月光迈着盈盈的步伐一步步地在油彩中画出图画来。母亲流下泪来。她忽然也爬到阳台上,张开双手呈飞翔状。她仰着头,黑色的头发被微风吹得向后飞扬,她是那么遥远而又令人担惊受怕。父亲像是离弦的箭冲过去将母亲一把抱下,他号叫起来:"你疯了吗?!这会死的!"母亲嘿嘿地笑了两声:"我要飞走了,我要飞走了。"

父亲将母亲拖到房间里,紧紧锁住阳台的不锈钢的门。母亲挣脱父亲奔到了开着的窗户边,她还没爬上窗户已经被父亲牢牢地抱住。"快把窗户关上!"父亲朝我吼。我全身颤抖地关上窗户。这时母亲又挣脱父亲,她冲到窗前,用手捶打着玻璃,玻璃一下子碎了,无数的闪着光泽的尖锐的玻璃碴儿掉在楼下、地上。

"放我走,放我走!"母亲的手紧紧地拉着窗框,父亲在后面抱着母亲的腰。玻璃碴儿剐到父亲的膝盖和母亲的手。就像是有一股飓风来到了屋内,周围满是熊熊燃烧的大火。我的全身在颤抖着,我想发出声音,可是喉咙里只能发出呻吟声,孱弱无力得让我想把自己撕扯掉。我的世界像被安上了马达抖动个不停,终于在父亲移动的膝盖被玻璃碴儿剀出血的时候，我带着哭腔喊出声："妈妈，妈妈，妈妈！"

母亲一下子安静下来，停止挣扎，她冲过来紧紧地抱住我。最后父亲将母亲绑在床上。

母亲最终真被一条绳子紧紧地绑住了。

那晚我回到卧室脱下自己的衣服的时候，发现有一大块血迹沾染在胸前。我出去扫玻璃碴儿，在客厅里我看见父亲跪在床边，低声地抽泣着。那是我第一次见到父亲哭。

之后父亲辞去工作，母亲躺在床上。有时候母亲因为挣扎，双手被绳子勒得红肿，父亲都会跪在她的旁边替她揉搓，他的眼神无比温柔，像是一股清风抚慰着母亲，母亲也安静下来。父亲买了个躺椅安放在卧室里，每天晚上他都躺在上面睡觉。有一天我经过他们的卧室，父亲双手合十在躺椅上睡着了，母亲在床上用脚蹬着被子，一下又一下地踢向父亲那个方向。等把那个被子踢到父亲的身上时，父亲被惊醒了。他坐起来："怎么了？"

"我怕你着凉。"

我迅速地溜回了自己的房间。

有一天父亲外出的时候，母亲在房间里叫我。我过去的时候母亲在床上扭转着身子挣扎着："给我解开绳子吧，我觉得被绑得难受极了。"我站在门口摇了摇头。母亲说："我真的觉得被绑得难受极了。"

"可是……我怕一解开你又想跳楼。"我吞吞吐吐地说，好像这样子会伤害到母亲一样。

"我不会了，我想和你们在一起。可是我现在好难受。"母亲呜咽着说道，无助得像个小孩。

这是生我养我、曾经意气风发的母亲，可是现在她被绑在床上。我刚给母亲解开一边的绳子，母亲那只手就伸过来摸着我的脸颊："你最近瘦了。"我摇了摇头说："我挺好的。""秋天快要来了。"我抬头看了眼母亲，她看着天花板说，像是在自言自语。在我把母亲的两只手都解开的时候，母亲就腾地一下子推开我，她奔向房间的窗户，一下子打开了窗户，想要站在上面往外飞。母亲又跳下来，把家里的窗户都一个个地打开。母亲在客厅急躁地跑来跑去。家里的窗户都被父亲安上了防盗窗。母亲冲到门口，门外也安上了一个小铁门，那扇门的钥匙只有父亲有，父亲外出都会锁上。母亲从抽屉里拿出一把红色的剪刀去剪门，家里被弄得发出哐当哐当的声响。

"妈妈，你骗我，你骗我！"我像父亲一样地吼出了声。我被母亲欺骗了，母亲欺骗我因为想要离开我们。那种感觉就像是有人拿着一把生锈的小刀在你心上一刀刀地钝而又用力地来回割划。

母亲在客厅里嘶吼着："可是我觉得有东西绑住了我，我要出去！我要出去！我要去天堂！"母亲声嘶力竭，像是草原上的一匹狼，那种嘶吼的声音都要把整个房子撕碎了。她挥舞着剪刀，照着空气乱剪一通。过了一会儿，母亲走过来抱住我说："对不起，对不起。"说着说着母亲就哭了。

这时父亲回来了。他一进来手上的东西就掉在了地上，袋子里有东西摔碎发出声响。父亲"嘭"的一声关上了防盗门，气冲冲地朝我冲了过来，抓住我的领子："你为什么把你妈放开？！"母亲抓住父亲的手:"是我求他放我的,我被绑得难受。"

父亲呆愣住,过了一会儿点点头,沉默地坐在沙发上。

他背对着我,我看见他的头上已经冒出了很多根白发。

八

我知道母亲终有一天会离开这里,从那天她想要推倒那些钢铁制的防盗窗的时候起我就嗅到了味道。

这样的日子终于还是到来了。在一天深夜,母亲偷走父亲的钥匙,悄无声息地离开了这个家。等清晨我们醒来的时候,父亲房间的地上多出很多色彩斑斓的布匹,我房间的地上都是米。

那天下起了雨,已经快到秋天,空气都开始发凉。我和父亲分头去找母亲。在街的尽头我又看见那个围着红色围巾、穿着黑色大衣的女孩儿。她在我的眼前从楼上跳下来,静止不动地躺在人群的围观之中,就像座雕塑。她身子周边的水都变红了,远远望去就像是红色的围巾掉了色变成液体向外漫延开来。雨滴坠落在她黑色的大衣上,就像是夜里开出的一朵朵无色的小花。她目光涣散,表情扭曲,摆成一个奇怪的姿势,身子一动不动。

我站在人群外,看向太阳落下的地方,我知道母亲再也回不来了。

我全身湿透地回家,那是一种说不清的感觉,没有想象中的难过和悲伤，只是觉得身体里面的五脏六腑都被掏出一般，身体里空荡荡的，透着风。我回家的时候父亲还未回来，我坐在沙发上看见烟灰缸里满是烟头。我起身把烟灰缸里所有的烟蒂都倒在垃圾桶里。那些飘浮在空气中的烟灰就像是鬼火一样地在灯光下四处游荡。

我走进母亲的房间里企图找到点什么线索。抽屉里那把红色的剪刀被母亲带走了；有一个棕色的本子，里面的纸被撕去一半，只剩下半张纸上写着字：

8月12日　晴
就快要到秋天了。

我把本子放回抽屉里，走回自己的房间。我仰躺在那些米上，努力地眨着眼睛。什么都没有。

九

母亲走后没多久，父亲像母亲最后一次沉迷于那两只鸟一样地沉迷于酒精当中。每天傍晚下班回来，他带着我去外面的饭馆吃饭，回来的时候拎一提啤酒回去。那些酒瓶像是青草颜色的，不，比那个颜色还要深一些的。父亲窝在沙发里没没了地喝酒抽烟，整个客厅弄得烟雾缭绕的,像是母亲被焚烧的盒子。沉闷的烟雾灰压压地笼罩在客厅上方,再也没见到满地的碎银块了。

这样的夜晚变得病恹恹的,时间又一次凝固住。整个房间像是变成了一条街道。每家店的铁栅栏都已经拉下,发馊的潲水沿着街边汇集成河,发散出令人作呕的气味,苍蝇"嗯嗯嗯"地吵闹着停留在潲水上方,就像是猎狗抢夺食物一样地时不时地沾一下那发黄发黏的水。有几个被人遗弃的塑料袋躺在路边,干瘪的样子丝毫不像是曾经装东西时的趾高气扬。街的尽头露出一丝丝银色的光亮,隔了一条街依旧能看到那冷峭的光芒。这样的情景令人难受极了。空气里满是喝醉的人打嗝的味道,就好像是有人拿着脏兮兮的海绵在擦拭着你的皮肤。路边的标牌早已锈迹斑斑,好像伸出手指轻轻划一下就能划出一窝散发着臭味的蛆虫。街道里只有我一个人,令人胆战的声音时不时地闯入我的耳朵,有拿着锃亮的砍刀在后面追我的人,也有母亲躺在那潲水上向我伸出手。这些事情真是要命,我抬起头,忽然看见一把刀落下。

我冲出房门,想要抵挡那把从天而降的刀。在我还没触及那把刀的时候我就站住了。那些瓶子相互倚靠着呈现出一种慵懒的姿态在相互交谈着,父亲则软如泥地贴在沙发上。

"你有没有发现这个家没有个女主人?"

"是呀。真不像是个家。"

"要是摊上个不肯做饭的女主人还不如没有呢。"

"这家以前的女主人应该也不会做饭,你看那些厨具还那么新。"

话语此起彼伏,像是那天傍晚天空中的波浪一排排地打在心上。

真是一些自以为是的家伙，以为自己什么都懂，其实压根儿就是狗屁。我气急了，我大步地跨过去，我要杀死它们！

我一脚把那些酒瓶全都踢倒在地，我似乎听到它们跪地求饶的声音。我开心地抬起头，自以为为母亲出了一口气而得意扬扬地双手叉着腰看着那些歪歪斜斜地躺在地上的酒瓶。这时，父亲醒了。

他睁开布满血丝的眼睛，"嚯"地一下子就站起来凑近我，我退后几步。他呼出带着酒味的气体，喉咙发出低沉的声音，粗红着脖子，瞪大眼睛，就像是要把我撕了一样。他双手钳住我的脖子，像拎小鸡一样地随意地将我抓起来。我感觉我身体里所有的血都往脸上涌，整个脸被炙烤得像是要掉出泪来。我眼珠子向上翻，好像有什么东西在捶打着我的全身。我的双脚凭空地荡来荡去，企图找到一个支撑的地方好让我好受一点，这时我踢到了父亲的腰部。父亲低吼一声，从地上拿起一个酒瓶，在墙壁上砰的一声敲破，拿着半个布满尖锐的玻璃碴儿的酒瓶对着我，他嘴里骂道："他妈的一个个都这样！"

心里那个巨大的洞又出现了，风呼呼地刮着。我像被压在火炉上挣扎着嘶喊："妈妈！妈妈！……"

父亲身子晃了晃，一下子涌出泪来。他手上的劲儿松了，拿着那半个玻璃酒瓶在自己的胸膛上划出一道线，豆大的血珠密密麻麻地从那个伤口里冒了出来。父亲松开自己的手，跪在地上，嘴里嘟囔着："对不起，对不起。"

我靠近父亲，就像小时候每次父亲抱住我那样地抱住他的头："没事的，没事的。"

父亲在我的怀里低声地啜泣着,后来越哭越大声,他紧紧地抱着我,伤心得像个孩子。

我终于也流下泪。

那个晚上我和父亲一起睡。我做了个梦,梦见那个围着红围巾的女孩儿变成一只小鸟,她飞到父亲和母亲的房间里,停在绣满梅花鹿的窗帘上,它欢快地叫着:"秋天就要来了,花都要枯萎了,秋天就要来了!"

我在黑夜里睁开眼睛。

秋天就要来了,母亲也是这么说的。

人间天堂

．
．
．

对于很多事情人类总是显示出没有定性、太过渺小，就像是尘埃在迷雾中一样，人们在其中处得时间久了就容易晕头转向、分不清东南西北，但是一旦都没有了，太过清晰，人们反倒是不习惯了，再说迷雾也不可能是没有的，这就像是自然现象一样，人心也是如此，深埋内心的东西，总有浮现出来的时候。

老家是不常回的,长年累月待在县城里,心也变得枯瘦。摩天大楼栋栋起,宪法章节条条提,人们天天都在叨叨着,不见得挂在心上的有多少,也就像是三岁顽童被母亲斥责,总是左耳进右耳出。三岁顽童年纪尚小倒可以理解,只是成人这样就新鲜了。

去年过年回家,一大家子围坐在桌子边吃饭。席间,奶奶提了句:"街头'人间天堂'的招牌被人拆了。"在场的年轻人都愣了一下;只有席间稍微年长些的长辈才知道,可是不久之后他们应该也会忘记。总不是自己的事,听着或是看着就像是凑热闹一般,演罢便拍拍屁股走人,留下一串泪水、一串鼻涕的就算是仁慈的人了;再过一段日子,看见另一出戏就把前一出戏给忘记了。历史总是这样,记了,忘了;忘了,记了。而我之所以记得,只是因为去年过年二奶奶来串门时提起过。老人们闲暇时总爱靠回忆来打发时间。我初听这名字觉得新鲜就默默地记下了,当天晚上便缠住了奶奶问起这事,奶奶看着我说了句:"人人呀,都爱进天堂,可是一脚踏进去了才发现,这天堂呀也是人间。"一直到故事的最后，我才知道这话是林美说的。

奶奶形容林美样子的时候，那是赞不绝口的："林美妹子的头发黑得就像是黑芝麻一样，是闪着光的；眉毛和柳叶一样又细又长，村头二狗家的老婆画了眉都没她好看；她的眼睛就和你二姑一样，但要比你二姑更加水灵一些；两片嘴唇呀，就像是樱桃一样丰润。"

"那和二姑比呢？"我笑着问道。二姑是奶奶最疼爱的女儿，别人一见二姑便夸奶奶好福气，生了这么俊俏的姑娘。

"她比你二姑还漂亮那么一点点。"奶奶说着还比着手势，露出一小截的食指给我看。

我笑着想道，奶奶这么盛赞的林美该是个怎样的女子呀？

村里人对林美的身世不太了解，大部分都是传闻，就只有李军和他的一些学徒知道。等村里人知道的时候，林美已经不见了。人们也不是很有兴趣知道，只不过是饭后闲聊，总喜欢聊一些琐事，然后再呲呲嘴巴说，"我可不会这样"，来表现某种优越感。

林美是在人间天堂营业第四年的时候来到这儿的。人间天堂是一家小旅馆，但也供人租住。人间天堂这名字取得倒也别致，又是"人间"又是"天堂"的，看得出来当时主人对这个旅馆的前景充满了憧憬，李军当时刚住在这儿的时候就是这么想的。住在人间天堂还有一个很大的好处便是可以免费洗衣服。周边的人都说人间天堂的老板娘是个聪明人，因为她寻得的洗衣服的女孩大多是年轻的，就冲着这一点，人们都爱来人间天堂。男人长年在外，住在这里，有个年轻的女孩给自己洗衣服也觉得舒心。

　　林美第一次来这里的时候，是以住客的身份进来的。林美从偏僻的乡村里出来，和大多数离乡的人不一样，大多数人是寻思着在外地找一份工作赚更多的钱，因为人人都觉得外头的钱好赚，可是林美是从家里逃出来的，带着的还是姐姐的衣服。

　　老板娘周妹阅人无数，猜想林美应该是外出打工的。她对着店里的伙计说："你信不信她是出来打工的？"伙计瞅了一眼林美说："看那样子不像是吧。"老板娘瞥了一眼伙计说："你懂什么？你看着。"老板娘便假装无意地探问着。林美一直记得姐姐说的，出外多留点心思，于是就顺着老板娘的话捏造了自己是外出务工的。周妹暗暗一笑，自己猜得果真没错，然后叩了一下伙计的脑袋说："怎么样？"得意之色溢于言表。伙计挠了挠头说："还是老板厉害。"周妹轻哼了一声，说："那是自然。"可是事实上那只是林美捏造出来的。人们总是靠自我猜度来让自己认知真相，而这其实不过是步入无知的另一条捷径罢了。

　　周妹的眼珠对着林美的全身上下打量了一番，然后笑着对林美说："妹子，刚好我们人间天堂还缺一个洗衣服的，如果你不嫌弃的话，就留下来帮忙吧。"林美看着说这话的周妹趾高气扬的，想想自己一个人出去，找工作也不好找，就应允了下来。隔天，周妹就暗地里把之前那个洗衣服的姑娘给打发走了，林美和她相比不仅年轻，还更漂亮。

　　"洗衣妹"林美成了人间天堂的一个活招牌。外来务工的男人都爱来人间天堂住宿。白天男人们经过院子时总能见到林美蹲在那儿洗衣服。

林美洗衣服的时候围着一条绿色的围裙，洗起衣服来，一上一下。有些好色的男人躲在背后看林美，用他们的话说是："林美的屁股真是大呀，一看就知道是个能生孩子的女人。"林美每次站起身来甩干衣服的时候，胸前的奶子随之晃动，让住在人间天堂的男人们更是躁动。大家都会对林美存有非分之想，男人长年在外这样也是正常的，如果没有这门心思，那才奇怪。一般的宿客也就是看看意淫一番便罢了；偶有一两个在背后看着，实在难忍就伸手在她屁股上拧一把。林美吓了一跳，看着站在背后的男人，后退几步。男人看着她这样就越是得意，就上下动手动脚的。林美顿时大怒，朝着他就是一个耳光。男人被打也是动怒，心想，反正都被打了，于是更加肆无忌惮，又朝林美的衣服里伸去。两人纠缠在了一起，水盆都被打翻了，住客们的衣服撒了一地，水盆咕噜咕噜地向前滚去。人们纷纷探出头，看着林美和男人在那里拉扯纠缠，只当是看好戏般站着，也不屑出去帮忙。林美和男的在井台上推推搡搡的，尖声叫着。最后有几个男人实在看不下去，便出去帮林美。其余的宿客看着有人出去帮忙，知道是有好戏看了，便更是聒噪，有人在窗口吹起了口哨。等到周妹赶到院子时，那男的早已跑远了，行囊都被人扔了出去。天井台上衣服零零散散扔了一地，刚被人踩踏过的一些衣服都皱到一块儿去了，像失去水分的水果皱缩了起来，上面还残留着别人黑色的鞋印，看起来狼狈极了。

周妹看着院子里乱成了一团，已是明白一两分；又看着周边的人，便嚷着"散了散了"；然后瞥了一眼林美，嘴巴就紧跟着嘟囔了句"狐媚子"。

这句话有些人听见了,有些人没听见。可是听见了又能怎么样?她是老板娘,你住人家房子自是要低人一等。有一次有人嫌房租贵,周妹站在院子里,大声叫骂道:"贵?贵你全家呀!就我这房租还贵呀?!你真是穷酸鬼投胎,你去别的地方看看再在这边撒泼!"那人听了也就灰溜溜地走了。住客们也都明白,这句话不仅是骂那个人的,更是骂给他们听的。

这就是那时的人间天堂。老板娘刻薄、自以为是,但因善于经营生意,能抓得到点儿,店内倒也热闹。

五月中旬的时候,人间天堂住进了几个人,其中一个带头的叫李军,一个叫赵颂平。李军是个木工,其他的几个人是他的徒弟,同乡的跟着年长的出来混。赵颂平是个律师,因为没钱,所以也就只能住在这儿。

李军刚来这儿的时候,林美要给李军洗衣服,李军反而还有点不好意思。李军说:"除了媳妇儿,还没有谁给我洗过衣服呢。"林美"扑哧"一声笑了——这男人倒也好玩,于是说:"没事,就是洗衣服,这是你们住旅馆可以得到的服务之一。"说到"服务"的时候,林美的脸一下子红了起来。林美弯下腰从角落处拿起一堆衣服,问:"这是要洗的吗?"李军摇了摇头,然后又点了点头,林美看着他忽然大笑了起来。李军伸手挠了挠头,也咧着嘴干笑。林美抬头看着眼前的李军——比她还要高出一头的个子,黝黑的肤色,胡子处青色一片,眼睛像水一样闪亮,她的心跳忽然就跟着加快了,于是低头赶紧出去。

井边，林美一边敲打着衣服，一边在想着事情，越想越是奇怪，这是怎么了？索性不想了。站在窗户后面的李军，看着井边正在帮他洗衣服的林美，看着看着心里就像有蚂蚁爬过一样痒了起来。自从他媳妇死了之后，就再也没有人替他洗过衣服了，今天看着林美这样，好像又重温了旧梦一样。而且林美年轻貌美、身强体壮，平时说话也挺有分寸的，一看就是个勤俭持家的女人。更为关键的是林美的屁股够大，按不少人的说法，这种屁股能生。李军的媳妇没能给李军生下孩子就走了，李军现在一个人，飘无定所。

晚上林美睡觉的时候，翻来覆去睡不着，她想起今天李军说的一句话："除了媳妇儿，还没有谁给我洗过衣服呢。"难道说他已经有了媳妇儿？林美这样想着的时候，心就更躁得慌了，这原本应该与她是没有关系的，可是林美就是想不明白为什么心里会觉得格外别扭。明天一定得去问问，她想。窗外的风把树枝刮得沙沙地响着，月光透过树枝条，把每一道光影都拉得很长，影子投在林美的窗户上，一条一条的，挠得林美心里痒痒的，也挠得其他人心里痒痒的。

林美想起以前在老家的日子。那是个闭塞的地方，稍老一些的男人在家种田，女人在家带孩子，偶尔也去田里帮忙；年轻的都去了外地打工。弱势和强势可能在每一个地方都存在着，在林美家的村子里也是一样的。林美的父亲早年逝世，家里就剩下一家子老的小的。林美还有一个姐姐和一个中年的哥哥。林美的哥哥在村里种田，日落而息，日起而作，全家过着贫困的日子。后来林美哥哥的妻子嫌弃这一大家子拖油瓶，林美哥哥拗不过妻子，于是林美一家就回到原来的茅草房里,与哥哥一家分开居住。林美知道哥哥难做,哥哥也时不时地送一些东西过来给家里,这些都是瞒着嫂子的,否则这日子就真的是过不下去了。后来母亲在家里开起了商店,卖鞋子还有日常用品什么的,林美很是好奇母亲哪里来的钱,又是怎么样得到那个店面的。过了没多久林美就知道了一件事,这件事她永远都忘不了,她始终不知道这是为什么。就为了让家里在村里不受欺负吗?就因为可以赚钱吗?可是姐姐不就成了工具?想到姐姐,林美在黑夜里湿了眼睛。她看着村外,一条一条的影子像绳子一样绑住了她,让她觉得翻身都是困难的。她想她的姐姐了,是她姐姐救了她,她永远都会记得姐姐。

那年冬天,林美因为着凉发高烧。老板娘说,多喝点儿水就没事了。林美自己也说没事,就在床上躺着没去看医生、拿药。到了晚上,李军从外面做木工回来,没见到林美就觉得奇怪,于是探门进去,发现林美烧得很厉害,已经是半昏迷的状态了。李军叫他的学徒赶紧去叫医生。林美在昏过去之前的记忆里只有李军焦急的、忽大忽小的声音和他眉头紧皱的神情。

"怎么还不回来呀?"李军叫他的学徒去请医生,可是请了半天医生也没来,他得在这里看护着林美,便又叫了一个学徒出去找医生,可是医生还是一直没有来,学徒也没回来。

摸着林美越来越发烫的身子,李军想了想就脱了衣服,只穿着一件背心就跑到井边去,躺在地上。等把身子冷透了,他又跑进林美的屋子里,抱着林美给她降温。迷迷糊糊的林美,只觉得一阵舒爽,蒙蒙眬眬间看见只穿着背心的李军跑来跑去，每次进来时就抱住她，全身冰凉舒爽。李军一边捂着林美，一边打着喷嚏。因为怀里抱着林美，他自己心里也开始燥热了起来。这样子反反复复折腾了几次，李军也是头昏脑涨的了。好在医生终于来了。

医生摸着林美的额头说道："烧得不是很厉害。"听到这话时，李军舒了口气，然后又打了个喷嚏。

"你怎么冻得嘴唇都紫了？"医生问。

李军挠了挠头说："没事。"

"赶紧去多穿几件衣服。"医生说。

李军不好意思地笑了笑，然后就去了自己的房间里，一路上，谁都能听见李军憨憨的笑声。过了一会儿，李军又来了，他站在林美的床前，看着林美。

林美醒来时看见趴在自己床边睡着的李军，她想着李军穿着背心去外面雪地里把身子凉透了给自己降温，眼睛一下子就湿了。她伸手捋了捋李军的头发，内心满是爱怜。

李军醒来的时候看到林美正看着他，两人都感到不好意思，一下子就红了脸。

"你醒了，感觉还好吗？"李军问。

"嗯，挺好了。"林美说。

"那就好。"刚说完，李军就又打了个喷嚏。

林美脸带焦急地问道："你也冻着了？"

"没，没。"李军挠了挠头，憨憨地笑着。

人间天堂

"你今天不赶工吗？"

"一会儿就去。"

林美看着眼前的李军，心中自是知道他的情意，只是两人都还未捅破那层纸，觉得如此不明不白地过下去倒也还好。

对于很多事情人类总是显示出没有定性、太过渺小，就像是尘埃在迷雾中一样，人们在其中处得时间久了就容易晕头转向、分不清东南西北，但是一旦都没有了，太过清晰，人们反倒是不习惯了。再说迷雾也不可能是没有的，这就像是自然现象一样，人心也是如此，深埋内心的东西，总有浮现出来的时候。

忽然有一天，李祥跑回来，一进人间天堂，就大声喊着赵颂平的名字。李祥是李军的学徒，林美看见李祥这个样子也吓了一跳，她凭直觉认为应该是发生了什么事，于是也赶紧跟着李祥，趴在赵颂平的门外偷听。等听完，得林美一下子就呆坐在了地上。

李军在一个装修的人家里做木工，一起工作的还有一个女设计师，刚刚毕业。男业主看到女设计师有点姿色，有些躁动。午休的时候，他凑到女设计师的旁边，对她动手动脚。女设计师不肯，就推开他。那个男人不死心地又靠到前面去，然后趴在她耳边说："只要你跟我了，我还有几个朋友也要设计房子，方案都让你来操作，怎么样？""不要。"女设计师想要推开那个男的，可是这回却推不开了。男人牢牢地把她挤在墙角，手已经伸到女设计师的衣服里面去了。女设计师大喊了起来，那个男人也不畏惧："你喊呀，看谁会来帮你，都是领着我的钱吃饭的,谁敢来?"男人刚说完这话,后背就被人狠狠地打了一拳,然后被拉开了。那男人看着眼前的李军,笑了笑:"怎么着?你就是一个打工的。"说罢,一脚踹了上去。

李军闷生生地让他踹了一脚,刚想还手,想到自己还得靠这个男人拿钱,觉得自己刚才太过鲁莽,于是被踹了一脚之后就没再动。那个男人大概也猜到了几分李军的心思,就越发大胆起来,对着李军的脸就是个耳刮子。对于男人来说,被掴了一巴掌就等于被羞辱。李军眉毛竖了起来。那又能怎么样呢?生活在底层,靠人脸色吃饭就得这样,任凭你的手艺多么了得,可是在钱面前依然就跟孙子一样。

男的一边口里骂着,一边踢打李军。其他人站在旁边看着,也不敢动。那男的骂着骂着就一口痰吐在了李军的脸上,李军心里一把火就生了起来。可是他想起了还在家中等着他寄钱回去的父母,就抬起胳膊肘擦了擦脸上的痰,继续忍着。这时,李军的一个学徒实在是看不下去了,他一步冲上去对着那男的就是一脚。男的拳脚转向学徒。学徒毕竟年轻、经验少,一会儿就被那男的按在了地板上。李军看着自己的学徒被人打成这个样子,实在是忍不住了。他一下子就扑了过去,揪住那男人的衣领,两人在地上打得滚来滚去。等到两个人被周围的人拉开的时候,那男的忽然指着李军对着一群工人说道:"谁帮我打他,我就给谁五百块钱!"李军瞪大了眼睛,预感到事情不妙了。什么事情一旦和钱挂上了钩,就变得好说,也不好说了。

一群人先是不敢动,后来一个稍微年长一点的走到李军面前说:"对不住了,兄弟,我们家还有人等着我养呢。"说罢,对着李军的胸膛就是一拳。大伙一看有人动了先，就一股脑儿地冲上前去。李军、女设计师、李军的学徒们和一群人打在了一起。那男的站在旁边笑嘻嘻地看着，嘴里嘟囔着："有钱的好处不止这些呢。"

这就是事情的始末，赵颂平听完了李祥的讲述说："我得去拘留所看看。"这时林美跟了进来："我也去。"李祥和赵颂平看着林美愣了一下，林美又重复了一遍说："我也去看看。"于是三人便赶紧赶往了拘留所。

警察抬头看着他们，然后说："他们一伙儿早就被关进来了。"

林美站在赵颂平的后面，使劲晃着赵颂平的手臂问该怎么办。"我能不能进去看看？"赵颂平问。

警察不耐烦地摆了摆手说："快点儿。"林美随着赵颂平进了会见室。会见室里，赵颂平问李军："那个业主呢？"

李军说，那家伙一来就给警察塞了红包，警察只是象征性地说了他几句，这一切李军都看得很清楚。很快那男的就被放了，走的时候他对着那群工人道别，然后在走廊里哈哈地笑了几声。

赵颂平点了点头，说："我也猜到了，谁不喜欢钱呀。"

赵颂平打算帮李军他们打官司，只要他们有女设计师做证，应该不是问题。在一切都准备妥当的情况下，意外还是发生了：女设计师不见了。

这个事情对于赵颂平来说是个天大的坏消息，这就意味着这个案件没有受害人，而工人们都看见是李军先动手打人的。

"难道就不能放人了？"林美问。

"可以是可以，只有一个条件：只要那个男人出面就没事了。"赵颂平说，"那个男人说他已经打点好所有关系了。"

只要那个男的出面就可以了。林美在心里念叨了一会儿，想着关在拘留所里的李军，她忽然有想法了。

那天晚上，林美没有回去，她去了那个男人的家中。男人见林美这样子也自是欢迎，这可是一笔划算的生意。

没有人知道林美到底去了哪儿，旅客只见她在傍晚洗完衣服后就匆匆地走了。

第二天，林美从那个男的家里出来的时候，像丢了魂似的，缓慢地走回了人间天堂。一回去，她就把自己锁在澡堂里，开着莲蓬头冲洗着自己的身体。周妹路过水房，听见水一直流着，有点儿心疼，忍不住站在门外喊着："大白天的浪费水，这是要死的呀！"澡堂门猛地一开，林美头发湿淋淋地站在门口。周妹吓了一跳，她说："别洗了，赶紧洗衣服去。"然后就迅疾地走了，留下林美一个人站在原地。

"这个身子早该给人了。"林美站在原地嘟囔道。

林美恍恍惚惚地回到了自己的房间。当天下午李军就回来了。

赵颂平知道那个男业主绝不是宽宏大度的人，看着突然回来的李军，想想昨晚林美不见踪影，也是明白了几分。地方位置处得偏了，经济也不发达了，这倒也怪不了什么，可是有句老话说得好呀："离天子脚下远远的倒都成了蛆虫了。"这本是家乡的一句土话，现在想来倒也真实。赵颂平自己一个人低声嘟囔着，在井边徘徊了许久，想起了以前的事情，更是忍不住地叹气。

赵颂平大学毕业后去一家律师事务所工作，巧的是大他一级的一个学长也在里面。因为是同校，两人也聊得来，学长对赵颂平有诸多关照，赵颂平也将学长当成兄长一样看待。赵颂平为人不错，勤奋、肯努力，所以在事务所里工作很是顺利。

后来，赵颂平所在的那个组的组长调任去了别的地方，所长说要在学长和赵颂平之间选一个人当组长。赵颂平说："学长工作经验比我多，处理事务也比我妥当，他比我适合多了。"学长看赵颂平这样，也赶紧说："颂平虽然来得晚一点，可是法律知识能够切合实际地使用，又能自己处理许多事务，成绩是有目共睹的，年轻有为，让他当更合适。"两人在所长面前推来推去，所长说："你们俩再工作几天，我到时候看看你们的成绩再说吧。"

在选定结果的前一天，学长对赵颂平说："颂平，我看今晚我们请所长一起出去喝酒吧。"

赵颂平说："为什么呀？"

学长说："别怪做学长的不教你，'社会''社会'就是'吃会'的。"——闽方言中，"社会"的发音和"吃会"的发音是一样的。

赵颂平若有所悟地点了点头。那一天，学长提前下班去打点一些事宜。到了饭点，赵颂平忽然收到一条短信，里面说："颂平，我突然很不舒服，现在正在医院里，你自己陪所长去春宴楼吧。"赵颂平看着短信，一边是请所长吃饭，是事关前途的；一边是自己的学长，赵颂平在自己心里挣扎了许久，最终打的去了医院看学长。等赵颂平到了医院，值班的护士却说没有这个人。赵颂平忽然明白了什么，可是他不相信，又让护士查了一遍，依旧没有。赵颂平赶紧跑去春宴楼，可是等到了春宴楼的时候，前台又说学长并没有预订房间。赵颂平完全明白了，这一切都是个幌子，他呆呆地在门口站了许久。

第二天，所长任命学长为组长。会后，赵颂平堵住了学长，他说："你为什么要骗我？"学长整了下自己的西服，然后笑着说："我不是和你说了嘛，'社会''社会'就是'吃会'的，你怎么还是没有理解透呀？"听后，赵颂平觉得自己全身就像是被抽空了一般，无力极了。

李军听别人说林美这两天不对劲儿，就赶紧跑去了她的房间里。

林美呆呆傻傻地坐在床边，她在想着以前的事情，那时的记忆就像是冬日的野草一样，遇见初春的太阳，疯狂地生长着。

林美有一天晚上半夜起来上厕所的时候，看见姐姐屋里的灯是亮的，她想去姐姐房里看看她在做什么，怎么这么晚还没有睡觉。刚到门口就听见了里面的喘息声，她疑惑着推开了门，这晚看见的一幕她永远都不能忘怀。一个和爸爸相同年纪的男人把粗壮的身体压在姐姐的身上，姐姐面无表情地看着屋顶，头发散乱地披在炕上。那男的抬起头看见林美，对着林美笑了两声，又继续伸手在姐姐身上乱摸。姐姐转过头来看见林美，忽然就尖叫了起来："妈——"

林美的母亲赶紧跑过来，看见林美站在门前，一下子就惊了，赶紧把林美拉走。林美在被拉走之前，她的脑袋里一片空白，她还记得在她离开的时候，姐姐哭了。

林美躺到床上的时候，对着还站在自己床边的妈妈说："妈妈，姐姐为什么那样？"林美的母亲恶狠狠地说道："小孩子多什么嘴？赶紧睡觉。"从那晚后，有时候晚上林美睡觉，母亲就会在她旁边站着，直至深夜。当然这一切都是后话了。

从那晚开始，林美就觉得姐姐好像不想再和她讲话，林美自己也识趣。偶尔林美也会觉得姐姐在盯着自己看，她就抬起头来，可是姐姐的目光却是躲躲闪闪的。

有一天晚上吃饭的时候，林美的母亲在饭桌上说："小妹，过两天有个杨叔叔要来我们家，我们要好好招待他，他让你做什么你就做什么，你可要听他的话，知道吗？"说完还往林美的碗里夹菜。林美茫然地点了点头。这时，林美的姐姐一下子就把碗砸在地上。瓷碗碎裂的声音让林美吓了一跳。姐姐瞪大了眼睛看着母亲，好像就要和母亲吵架一般："不可以。"

母亲也瞪大了眼睛看着姐姐，两人相互瞪了很长时间。母亲说："你凭什么说不可以？"母亲口气恶狠狠的。

"你怎么能为了自己的生意，把自己的女儿都送给别人，都害了？！"姐姐低低地说道，泪也一滴滴掉了下来。林美睁大了眼睛看着母亲。母亲瞥了林美一眼，然后一巴掌甩向了林美的姐姐，姐姐一脚踹开椅子，进了屋子。

林美望着姐姐的屋子，想起了那天晚上的事情，她的心里极害怕，可是她不知道自己该怎么办。

"姐姐都是瞎说的,别听她的。"母亲捋了捋林美的头发亲昵地说道。

林美只是看着母亲,也不说话。

杨叔叔到林美家的时候已是傍晚,林美的母亲叫林美出来。林美看着眼前这个不住点头的陌生的中年男人,忍不住打战。那个男人对着林美的母亲说:"不错,不错。"林美的母亲笑着捶着那个男人的肩膀说:"当然不错。"

林美洗澡的时候,林美的姐姐偷偷进了浴室,对着林美说:"你还小,你不能这样,你快逃走吧。"说罢,她就让林美穿好衣服,塞给她一袋自己的衣服,说:"在外多长点心思,你不能在这家里待着,姐看不得你受苦,你快点逃走就是。"然后林美背着姐姐给的袋子,脑袋一片空白地跑出了家门。在她觉得自己已经跑出了很远的时候,她忽然想起那个夜晚,姐姐还在家中,不禁吓出一身冷汗。然后她觉得自己的脑袋里嗡的一声。

想到这儿,林美缓过神来,看见站在床边的李军,忽然扑到李军的怀里,一下子就哭了。李军轻轻地拍打着她的后背,嘴里轻声地说着:"我回来了,我回来了。"

当天晚上,李军留在了林美的屋子里。月光像水一样,疯狂地弥漫在了林美的身边。

林美以为在以后的日子里会和李军在一起,李军出去做木工,她在旅馆帮人洗衣服，有可能的话她还要帮李军生个孩子。林美怎么也没有想到，在这之后的某一天，李军竟然会再遇到那个女设计师。

那天在李军下班回家的路上，女设计师突然出现在他的眼前，女设计师说："那个时候真是对不住，那个男的说我要是出去做证就去打我家人，我实在是没有办法的。"

李军挥挥手说："算了，多久以前的事了，不提了。"

女设计师看李军这么宽宏大量，想请他吃饭，顺便也对那天的事做个补偿。李军想要早点回家，女设计师再三邀请，李军实在是推托不过，就跟着女设计师去了。

席间，女设计师和李军喝了一些酒。女设计师说了自己的苦处，说了自己生活的艰辛、自己一个人的孤独，女设计师就像是碰见了知己一样，把自己的全部生活都掏心掏肺地和李军说了。

女设计师喝多了酒，一头栽在了饭桌上。李军趁着女设计师还有一点清醒问出了她家的住处，然后扶着女设计师回家。一路上，女设计师的胸脯时不时地蹭着李军的胳膊，李军的心里就像是着火了一样，全身热乎乎的。到了女设计师家里，李军刚想把她放在床上，女设计师突然双手搭在李军的脖子上，整个身子都贴着李军。李军一时没站稳，两人都倒在了床上。李军趴在女设计师的身上，感受着其女性的气息，欲火一下子就起了。两人毕竟年轻，气血旺盛，火急火燎地都脱了衣服，叠在了一起。

第二天，李军起来的时候，发现两人赤身裸体的，他傻眼了。

李军回去的时候看见蹲在井边洗衣服的林美，他不想让林美知道，想要轻轻地溜回他的房间。等到他快到他的房间的时候,"李军。"林美的声音在他背后响起。

李军笑着转过脸去,看着林美问:"这么早你就起来洗衣服了?"

"嗯。你昨晚去哪儿了,怎么没有回来?"林美在围裙上擦了擦手站起来说。

"昨晚老板请吃饭,喝多了酒就直接在老板家睡了。"

"那李祥怎么不知道?"

"老板就请了我。"李军的脸开始有点儿红了。好在林美也没多问,就说了句"哦",李军就赶紧溜了回去。

李军以为和女设计师是酒后乱性,没必要在意,可是他觉得自己都和人家睡过了,多少要负点责任的。他知道自己喜欢的是林美。他能做的就是时不时地去看望女设计师,给她带点儿东西过去,接着就走了,不会多留。可是女设计师却不这样想,她看李军经常来看她,还给她带东西,就觉得李军是喜欢她的。

有一天,女设计师突然对李军说:"我跟你回家吧。"

李军吓了一跳,然后说:"不行。"

"为什么?"

"就是不行。"李军可不想多生出什么事端。

"为什么?"女设计师依旧不依不饶地问着。

"没有为什么,就是不许。"李军开始有点儿怒气了。

女设计师大概也听出了其中的怒气,于是不说话了。可是女设计师脑子好使,李军前脚出门,她后脚就偷偷跟着。

有一天，李军回旅馆的时候，林美站在井边说："你屋子有个女人找你。"

李军笑着说："你逗我玩呢，怎么会有女的来找我呢？"

"真的，你去看看。"林美的语气里也有点儿愠怒。

为了表示自己的清白，李军说："走，我们一起去看看。"

"我才不要呢。"林美说，"万一是你家人呢？"林美又有点儿羞气。

"是我家人才好呢，我正愁着怎么把你介绍给他们呢。"李军说罢就拉着林美向自己房间走去。李军一边走着，一边想着会是谁。忽然他想到是谁了，可是她是不知道自己住在哪儿的，只希望不是她才好。等到李军一开门，看见坐在里面的女人，他一下子就傻眼了。

女设计师一看到李军，赶紧走过去挽住李军的胳膊，凑到李军的身边，说道："来你这地方，可真是不容易。"

李军侧过头去看一旁的林美，林美早就甩开了李军的手，气冲冲地走了。

"她是谁呀？"女设计师拉住李军的手不让他走。

"她是……嗯……"李军想，该怎么介绍林美呢？是女朋友呢，还是老婆呢？

"她到底是谁嘛？"女设计师摇着李军的手臂问着。

"我喜欢她。"李军忽然就冒出了这么句话。

"那我呢？你喜欢她，那我怎么办？"女设计师忽然就带着哭腔说道。

"我本来就不喜欢你，我只喜欢她。"李军甩开了女设计师的手，转身去找林美，临走的时候还不忘对女设计师说对不起。

李军在旅馆的门口找到了林美，林美蹲在地上用树枝画来画去的，一见是李军，便站了起来要走开。李军从背后拉住林美说："林美，你听我解释。"

林美不说话，背对着李军。李军从背后环住她说："林美，我只喜欢你，真的。"

"那她是怎么回事？"林美问。

李军想了想，只好把所有事情都和林美说了。林美听后尖叫了一声。

"你都和人家上床了？"

"那时我们都喝酒了，都不清醒。"

"那你都上床了还不要人家，你这人怎么这样？"林美焦急地问着。

"那我只喜欢你，我能有什么办法？我会和她说清楚的。"

林美看着李军，然后就想起了姐姐。她的眼睛一下子就红了。

"怎么了？"李军问。

"没事。"然后她也抱住了李军。这份幸福是太不容易了，也是姐姐成全了她。

小时候，她经常和姐姐在一起讨论自己以后要找的老公是什么样的，什么样的生活才是她们想要的。有个爱的人在一起就够了，林美想。

即使李军把话都说明白了,女设计师还是会时不时来人间天堂找李军,每次来的时候还都会先和林美打招呼,林美也只是笑笑,她想自己知道李军喜欢她就够了。李军每次见到女设计师的时候也都是避免让她误会,尽量减少和她独处的时间。房客们都窃窃私语着,"人家女大学生都是冲着高处爬,她这都是逆着来的",然后哈哈笑了起来。

久而久之,女设计师就很少来了。有人看见她和一个中年男人在一块儿,那男的开着车送她上下班,带她去买衣服,两人很是亲密,像是情侣一般。那男的年纪都快赶上她爸爸了。

"到底还是没有逆着来。"房客们的言语,有惋惜有忌妒也有无奈。

这一天,当地的一个官员过来检查。周妹赔尽了好话,满是奉承,谁不知道,当官的都爱听这一套。那个人路过井边,看见穿着一身碧绿色衣服的林美时,笑了笑说:"想不到你这边女孩儿这么俊。"

周妹瞧着这人的眼睛滴溜滴溜地转着,于是就把林美叫了过来。那人近距离看着林美,嘴里发出了"啧啧"的声音,左手在自己的下巴处摸来摸去,在想着什么似的。周妹当然知道他在想什么,于是笑着说道:"大爷你待会儿检查完了去歇歇,我给你开了房间,叫人好好伺候你。"

那人心知肚明地点了点头,马上就在一张表格上勾了几个选项,周妹也咧开了嘴笑。

等给那个男的安排好住的地方之后,周妹端着两杯水就到了林美的房间。周妹先是让林美喝了一杯水,然后她说:"林美,你去把这个红包送给407房间的那个男的。"说着就塞给了林美一个红包。

林美虽然不懂，但是也点了点头。

"待会儿你进去的时候，那个男的让你干吗你就干吗，自然少不了你的好处，否则的话，以后你就别在这儿待了，知道吗？"

林美不言语。她心里是万分不情愿的，可是她还想着赚钱，她还想着和李军在一起。周妹把林美推出了房间，看着茶杯里的水，自己在房间里笑了。要开始发财了，周妹想。

林美进407的时候，那个男人正在洗澡。男人只围了条浴巾给林美开了门，笑着让林美进来，然后又笑了笑说："等我。"林美看着这个头发都快掉光的男人，神情有点呆滞。她坐在椅子上，看着洗澡间里面晃动的人影，忽然想起那天晚上，她还在家里的最后一个晚上。

那天晚上自己就是因为这样跑了出来，可今天又是这样。

那男人出来的时候，林美把红包给他，他笑了笑，问："你洗衣服一个月赚多少钱？"

"八百块。"

那男的掂量掂量手中的钱，这里面应该有几万块。"只要你今晚顺我，这些钱就是你的了。"那男的说罢就拉起林美的手，林美惶恐地看着手中的钱，然后又抬起头看眼前的这个男人。那男人嘻嘻笑着，脸上的皱纹挤得就像是被人用刀刮花了一样。

林美摇了摇头，把钱塞回给了那个男人，想要把手抽回去，可是全身都使不上力气。她忽然想起了那杯茶水，她觉得一定是那杯茶水出了问题。

···111···

人间天堂

那个男人笑眯眯地看着林美，然后手就往林美的身上走。

林美瞪大了眼睛，眼睛都湿了，却无能为力，就只能任他的手在身上游走，听着他满嘴的秽语和笑声。这时，有人在外面踹门，然后李军就冲了进来，对着那个男人就是一拳。李军到底是个干力气活儿的，有着使不完的劲儿，何况是对付一个大腹便便的老男人。他把那个男人打得一直在求饶，直到周妹进来。

周妹看着被打在地板上的男人，她在心里顿时喝彩，感觉这几年被他欺诈终有人替她报仇了，可是一想到以后可能她的生意就会受到影响，她的脸一下子就黑了起来。她冲过去把李军拖开，李军还想要再下手，周妹阴冷地说了句："你这拳打下去以后，可就别想在老娘这儿住了。"听到这话，林美冲过去跪在地板上，拉着李军的手。李军脸上青筋暴起，看着跪在地上的林美，心一软，扶起林美就离开了。

那一晚上，林美把熟睡中的李军的脸摸了一遍又一遍。

第二天，李军还在睡梦中就被外面的踹门声给吵醒了。林美起来开门的第一眼就看到了站在前头的那个男人。那个男人看着林美和屋里的李军，轻蔑地笑着说："待会儿我就睡了你。"

林美一只手扬了起来，刚想打下去就被抓住了。那个男人挥了挥手，一群举着棍棒的男人就冲进了屋子。李军和他们扭打在了一起。屋子里一片混乱。

李军被他们拖到了院子里，一群人围着躺在地上的李军打。林美被紧紧按在旁边动弹不得。

"求求你们了，放了李军吧！"

"救救我们呀！"林美声嘶力竭地喊着，可是所有人都无动于衷。谁也不想给自己惹上麻烦。

林美忽然看见井台上流出的血。林美觉得自己的世界都快爆炸了。她看着周围的每一个人，她的耳里只有棍棒敲打肉体的声音、李军痛苦的呻吟。

那天下午，林美抱着已经凉透的李军，一直哭到天黑。

当天晚上，林美就不见了。

第三天，当地有家小报纸报道说，该地某官员被害于宾馆，死时全身赤裸。

林美再也没有回到人间天堂。没有人知道林美是死是活。

奶奶说，有个老乡去外地的时候，看见一个女疯子长得很像林美，袒胸露乳的，看见男人就说："来呀，来摸呀。"

雪下了一夜

．
．．

加栋坐在自己的窗前。他看着窗外竟下起了大雨。黑色的水涌了过来，像是要把什么都淹没了一般。紧接着，又下起了雪，雪都变黑了。他看见一切都变黑了，水的声音一声又一声地响着，涌了过来。他似乎看见了一条路，那么长，那么黑，一直延向远方。

加栋趴在下楼的地方往下看时，母亲歪坐在椅子上，盯着前方，头发凌乱，眼睛无神。

这样的情形已经有四天。在这四天之前，每天母亲都会用廉价的化妆品把自己打扮好，然后出去。加栋原本不知道母亲为何这样，觉得大概是女人天性作祟，便也从不问起。加栋的父亲在外打工，每年才回来一次。加栋对父亲知之甚少。

加栋又回到自己的小桌前写日记。他有着记日记的习惯。加栋记得以前也有一段时间母亲整日地待在家里，楼下时常传来叹息声；不久后就变成了母亲整天整天地不在家，家里空荡荡的，只剩下他一个人。他能明显感觉到家庭的经济状况比以前好了。母亲有次高兴时竟带他去买衣服。他疑惑地问母亲："妈，家里哪来的闲钱给我买衣服？"母亲的脸色忽然一变，尖声道："咋了？给你买衣服你还不乐意了！"想到这儿，加栋站起身来，把头探到窗外，呼吸着窗外新鲜的空气。他看见了窗台上躺着一只死去的蟑螂。蟑螂一半的身体悬在窗台外，腹部向上敞开，发痒的躯体轻若羽毛，黑褐色的翅膀在光下折现一圈光晕，周围的事情都因为它死去而失去了联系。加栋有些感动，他盯着死去的蟑螂看了一会儿，转身从桌子上的本子上撕下一张纸，把蟑螂的尸体包好，一扬手，纸团消失在了黑夜中。

加栋收回身子，关上了窗，顺手把灯都关了。他一个人坐在黑暗中，无言地看着窗外。母亲在楼下抬起头看着早早就熄了灯的屋子，嘴巴很利地骂了句：“不知死活。”黑暗中的加栋是听见了这句话的。

父亲明天应该就会回来。他揉了揉脸上的瘀青，摇了摇头，便蜷缩在自己的小床上。

月光透过小小的窗户洒进一些光芒。

父亲是第二天中午到家的。那时候加栋还在睡梦中。梦里他年纪还小，父亲牵着他的手去买冰糖葫芦，加栋把自己黏糊糊的小手往父亲的身上擦，两人都笑了；一晃眼，他长大了，父亲给他去开家长会，然后回来笑着夸奖他，因为他的成绩一直都是很令家长骄傲的。他被楼下的声音吵醒后，又在床上躺了一会儿，他辨认出那男人的声音是属于父亲的，因为父亲的声音是极为粗犷而又大声的。加栋没有马上下去，而是听着他们的吵闹声。父亲骂着母亲，母亲先是低声地争辩着，后来也开始尖声吵闹着。母亲的声音很尖厉，就像是一把刀。加栋不用听就知道他们争吵的是什么。

他蒙上头捂住耳朵，被子里只有他的气息声。他忽然想起那个梦。真实的情况是：他的家长会是没有人去参加的，更没人回来夸他。在他很小的时候,也没有人带他去吃冰糖葫芦。在记忆里,很少有父亲的影子,这个男的并没有过多地参与自己的生活。这样想着的时候,他的被子就被人掀开了。

他惊恐地睁开了眼睛,父亲站在了他面前。

眼前的男人没有刮胡子,眼睛红红的,头发乱糟糟的一团,下巴青色一片。他看上去是那么憔悴。"爸爸。"加栋低声地叫了句。

父亲瞪着他,眼珠子仿佛随时都要掉下来。

加栋知道自己做的事就像是用一把大大的枷锁把父母牢牢地锁住了一样。他就那么看着父亲,他本以为父亲会发作,可是没有。父亲瞪着他,然后眼睛一红,便懊恼地捶了下自己的脑袋就转身下去了。在快下楼梯的时候又狠狠地跺了下地板,发出的那一记闷响吓了加栋一跳。加栋很想问父亲疼不疼。他是心疼父亲的,可是他不敢。

母亲站在父亲的后面。她看着地板上的红花油,又尖声道:"怎么,给药还不擦是吧?"

加栋看着地板上的药,这才想起自己的脸上还有瘀青。他摸了摸,说了声:"不用。"

"还想省这个小钱不成?"母亲恶狠狠地说,话语里满是戾气和心疼,他听得出来。"快抹上。"

加栋愣在那里,看着眼前这个已被生活折磨得越来越佝偻的女人。他没想到她每次化好妆出门竟是为了那样的事!他的心里对她是怀有满满的怨恨和责备的。

加栋前一段时间和国煌两人去街上玩时,竟看到母亲站在一家旅馆前拉客。母亲站在风中，风簌簌地吹着。母亲和其他女孩儿明显不一样，她的年纪大了，这样看起来竟显得有点儿悲哀。加栋赶紧拉着国煌离开。一路上两人都沉默不语。在分道口的时候，他告诉国煌，一定不要将这件事告诉别人。国煌拍了拍自己胸脯打包票。这是属于年轻人的承诺。

　　母亲走了过去，拿起地上的红花油，倒在自己的手心里搓着，然后轻轻地揉着加栋脸上的瘀青。他看着母亲，母亲的皮肤松弛地耷在脸上，皱纹已是很明显了，眼袋都快垂下去一般，眼睛也是通红通红的，明显哭过。揉着揉着，母亲的眼睛就又红了，眼眶一下子就湿了。她赶紧用袖子擦了一下眼睛，嘴里骂了句"孽债呀"，眼泪就掉了下来。加栋伸手抹去了母亲的眼泪，母亲的表情忽然窘迫了起来。

　　加栋忽然想起，几年前他和母亲一起去菜市场买菜，途中遇见一个阿姨，那是母亲的同学。母亲牵着他的那只手汗津津的，另一只手拉扯着衣角，试图把那掉色、发皱的衣角扯平一些。母亲窘迫的表情和躲躲闪闪的样子加栋都看在眼里。临走时，那个阿姨说："你这身衣服也该扔了吧。"母亲一下子愣住了，然后赔笑着说，还能再穿穿，再穿穿。

　　她也真不容易，他想。

　　晚上吃饭的时候，母亲在楼下叫加栋。加栋原本是在上面看书的，看着看着他就在想自己要怎么样才能赔偿那笔巨款。那笔钱对于其他人家来说可能并不是很多，可是对于加栋家来说就是压在骆驼身上的最后一根稻草，随时都能把这个家压垮。加栋的父亲跑去外地打工，就因为那儿包吃包住，家里可以省下一笔饭钱。母亲身体不行，只好去站街。每次家里只有他一个人，安静得都可以听见空气流动的声音。他告诉自己要好好学习才能对得起父母，因此他的成绩总是很好的。

　　加栋下楼的时候，父亲母亲都围坐在一个小型的四方折叠桌前。桌上有两道菜和一小碟的肉。菜应该还是买的处理的，他知道每次临到收摊的时候，菜价都会特别便宜。那一小碟肉反倒让加栋有点儿吃惊，特别是在现在这种情况下。加栋有些呆然地坐在桌子前端起碗来吃饭。许是许久没有吃到母亲煮的饭了，他觉得今晚的饭特别香。以前每次回家，家里只有他一个人，他自己煮饭炒菜，然后自己一个人吃。自从事发以来，这些事倒都回到原来主人的手中了。

　　饭桌上，一家人没有说话低着头吃饭。加栋忽然觉得发生了这件事也好，起码能够让一家人在一起吃个饭，自己也能够吃上母亲煮的饭。但是这样的想法又显得极为滑稽，因为这平静下隐藏着多大的危机，没人知道。想着想着，加栋忽然就笑出了声。这一声小小的笑声显得极为怪异，就像一个人在苍茫的秋季割麦，满目的金黄在风中发出声音，割麦人在麦海中边挥舞镰刀边捂着嘴笑，笑声转瞬融在地里，融在一望无际的平原中。

　　父亲抬起头来看着加栋，眼睛瞪大得像个圆球，脸上因生气而变得骤红。"都什么时候了，你还笑得出来？！"父亲呵斥道。加栋不言语，自知这笑声是不合时宜的，于是就加快了吃饭的速度，好快点儿回到自己的小屋子里。"到底怎么回事？"父亲把碗放在了桌子上，声音大了起来。加栋知道指的哪一回事，于是就更加低下了头，压低自己吃饭的声音。

母亲看了一眼儿子，然后看着父亲说："到底让不让人吃饭了？好好地吃顿饭不行呀？"

"吃，吃，吃，他要吃死我们了，你知道吗？"父亲的声音又大了起来。

加栋刚吃完饭把碗放在桌子上，父亲就把筷子狠狠地扔向加栋的脸，加栋着实疼得发出了一声沉闷的声音。他不哭不闹不言语，只是弯下腰捡起掉在地上的筷子，放在洗手池里，然后又重新拿了一双新筷子放在父亲面前的桌子上，说了声"爸，我上去了"，就猫着身子爬上了小屋子。

刚上阁楼的时候，他就听见了碗被恶狠狠地摔在水泥地板上的声音，伴随着母亲的咒骂："要死了这家。"然后就是母亲低低的呜咽声，压低了声的，可是他依旧能够听见。

他坐在自己的桌子前。天黑了，远处的路灯一个个孤独地站着，他们被固定在那里，永远都是有距离的。他忽然觉得，这路灯多么像人呀，无论如何地掏心掏肺，总是有着距离的，心里都是隔阂着的；即使这样，路灯也尽量地让自己发亮，这一点又是和人多么契合。

加栋觉得脸上火辣辣的，他起身对着墙上的镜子照了照，脸上两道红红的筷子痕。他突然觉得委屈，眼眶一下子就红了，可他并不怪父亲，真的，不怪他。他趴在楼梯处，看着父亲和母亲呆坐在桌子前，就和吃饭前一样，饭菜满地都是，母亲也不去收拾，一动不动。他皱了一下眉，然后便关上了窗户，拉了电灯，蜷缩在自己的床上。黑色的夜里，他眼睛滴溜溜地转着。他觉得自己就像个废物一样。不是像，就是。

不知过了多久，楼梯处响起了一阵声响，随即他的门就被打开了，他赶紧闭上了眼睛佯装熟睡。父亲轻轻地坐在他的床边。他感觉到父亲在看他。有很久没有和父亲挨这么近了。父亲的手抚着那两道被筷子打的伤痕。父亲的手粗糙，起茧的指头像一块块树皮从加栋脸上滑过，就是这种滑过的感觉钻进加栋的心里，他的胸腔忍不住起伏得厉害。忽然，他听见父亲小声地吸了一下鼻涕，喘息声越来越重。他心一惊，他知道是怎么回事。过了好一会儿，他听见父亲叹了一口气，然后转身出去。他摸了摸自己的脸，父亲的温度还在。就在那一刻，他像是看见上方有一只蟑螂盯着他，黑色油亮的眼睛滴溜溜地转动，纤细敏感的触角直直地伸向他，这一切他在黑暗中看得清清楚楚。

他猛地下床，他的脚下有一小摊湿迹。他忘记了蟑螂，趴在地板上，手在地上摸索着，有几滴水。加栋将自己的脸贴在水滴上，湿迹越变越大。

学校来电话让加栋去学校收拾自己的东西。加栋的班主任很喜欢他，因为他总是能够挣来各种各样的荣誉，而且他还听话、有梦想，这是班主任写在学生评价手册里面的评语。办公室的老师们每每说起学生的时候，都要说到吴秋梅班的加栋。吴秋梅对加栋的疼爱也是有目共睹的，她时不时地送给加栋一些课外书。加栋喜欢文学，两人经常会就一些文学问题争得面红耳赤。那件事后，吴秋梅也是多次请求校长不要开除加栋,可是事情很严重,非开除不行。

这是加栋这么多天来第一次出门。弄堂里混合着下水道的味道,街道两旁满是垃圾,苍蝇纷纷往上面扑。

加栋再次到学校的时候已经是事情发生的第六天了,这六天里他都没有出门,除了睡觉、发呆就是看书。

在事发的那天,加栋还就"零度叙述"和"叙述者参与写作"哪个更好的问题和吴秋梅讨论了许久,两人都有自己的观点。吴秋梅对班上的学生解释时是模棱两可的,可是一和加栋一起讨论就有了更加鲜明的观点。快放学的时候,加栋回到教室,那节数学课他们分发试卷。国煌是数学课的课代表,他和加栋两人打赌看谁会考得更好。结果试卷发下来,先是发了国煌的卷子,加栋看了一眼国煌的卷子,他说:"考得真不错。"国煌也笑了笑说:"还好。"加栋拿到自己的卷子时,只看了一眼便收了起来。国煌凑了过来,笑嘻嘻地问考了多少。加栋说:"还好。"国煌听了就管加栋要,加栋把课本装进书包里,国煌看见他夹在课本里面的卷子,便去抢。等看到分数时,国煌就傻了眼,自己整整少了加栋六分。

加栋看国煌的脸色变得很难看,便伸手把卷子拿了回来。"下次再继续努力吧。"加栋说。这话本是鼓励国煌的,可是在两人做赌约的这个条件下反倒显得奇怪了,有点儿讽刺。国煌的脸一红一白的,加栋也觉得不对劲,只好堆着笑脸把手搭在国煌的肩膀上说:"这次我走运罢了。"这样的解释反而让事情越来越乱。国煌一手打开了加栋的手,骂了句"狗娘养的"。伸手不打笑脸人,骂人不骂父母。加栋的火一下子就生了起来，也反唇相讥着。国煌骂着骂着就把加栋母亲站街的事给抖了出来，两人接着就打了起来。局势一会儿就分了出来，国煌被加栋按在地板上，加栋站了起来。万恶的根源就在这里，在加栋转身走时，国煌在地上抓住加栋的脚往后一拉。加栋一个趔趄，手往后一挥，这时加栋旁边的课桌一下子就倒了下去，砸在了国煌的头上。血忽然像水一样从国煌的脑袋里涌了出来。

　　这样想着，加栋已经到了教室。他走进教室的时候已是下课。他的座位被人从第一排搬到了最后一排。他在后面收拾着书具，全班的同学没有一个理他的。收拾完出教室的时候，他竟还闻到了空气里飘来的血腥味。他原地站了会儿缓了缓神。快下楼梯的时候，忽然想起，该去跟吴秋梅老师告个别，于是折身回办公室。他看见老师还安静地伏在桌前写教案，也不去打扰，就站在门口。旁边有老师发现他了就提醒她。吴秋梅一见他就愣住了。

　　面对着这个学生，她是心疼的，可是又帮不了他。她站了起来快步向他走去。吴秋梅一下子抱住了他。师生两人也不言语，只是拥着。忽然吴秋梅趴在加栋的耳边说了句："对不起。"加栋愣了一下，然后眼睛一下子就红了。"老师，我还是不喜欢零度叙述，因为那样子人物都是被操控的，对自己创造出来的东西一点儿感情都没有。"说罢就走了。

　　吴秋梅老师呆然地站在办公室门口好一会儿，一动不动。

　　加栋在校门口的时候被人堵住了。

一群人把加栋拖到了一个胡同里,一阵暴打。有人踢他的小腹,有人踹他的腿,也有人使劲地踩踏着他的手,他就像是一只流浪狗让人随意踩躏着,虽然觉得疼极了却没有一丁点儿的反抗。他看见墙角处有一只蟑螂停住脚步看着他,他牵着自己的嘴角笑。他感觉到自己嘴巴里的血腥味,恍惚又看到了那个血腥的下午。他想,国煌当时会不会也这么疼?加栋蜷缩着身子像躺在自家的床上,慢慢地向有墙的那个地方移去,因为他觉得靠着墙会让他的疼痛减轻一些。

在那群人离开后,加栋翻了下身子。他抬起头看向天空,天空灰蒙蒙的一片,像一块布一样地盖住了人间。忽然间就下起雨来了。加栋觉得有一团气体就要在他身体里面爆炸开来,他在雨中哭了起来,他哭喊着,接着又变为了号叫,声音在大雨中仿若静音。这么多天来,这是他第一次痛哭,他告诉自己不要哭,要坚强,可是他再也忍不住了。他总感觉有一股气体堵在他的胸口,让他喘不过气来。他任雨水打在他的身上,他眼睛空洞洞地看着天空,雨水落进他的眼睛。他的眼睛生疼生疼地开出了一朵朵水花。他挣扎着把散了一地的课本都捡了起来,然后沿着墙走到垃圾桶旁,全扔了进去。

雨停了,他的额头还在不停地流着血,暖乎乎的。他的心里忽然有了个想法,咔嚓一声,仿佛有两个世界在那一瞬接轨了。

他在雨中笑了起来,越笑越大声。血水从他的脸上滴在他的衣服上,浑身湿漉漉的。一路上频频有人向他回头,却无人上前。

他不管不顾地回家,他只想快点儿回家,他冷极了。给他开门的是母亲。母亲一见他这样就尖叫了起来。父亲紧跟着过来,然后父亲

雪下了一夜

赶紧把加栋的手搭在自己的肩上，想担着他进屋。父亲突如其来的关心让他一惊，他随即甩开了父亲的手，一点点的温暖都足以使他留恋。父亲一愣。

"你不是很有能力吗？怎么不打回去呀？这个时候就变成龟儿子了呀！"

父亲的声音在背后响起，加栋觉得父亲真是搞笑，骂他是"龟儿子"那不也等于骂自己吗？但他听得出里面的偏爱。他依旧不管不顾地上楼，母亲也要跟着上楼却被父亲拉住，父亲朝她吼了句："死不了！"

死不了的，他也知道。只是那一笔赔款可以让全家人死。

他脱了衣服后，便直接倒在床上昏昏沉沉地睡着了。他太累了。

梦里，他梦见自己变成了一只蟑螂，国煌全身血淋淋地走向他，额头上凹进去了一个大大的洞，还在不停淌着血。黑夜仿若黑水涌了过来，他的梦里黑色一片。他站在角落里，黑水无论如何也冲不到他这儿来。忽然，一匹和水一样黑的马冲进了他的梦里，国煌的头不断地被马蹄践踏着，加栋只能用自己的触角去顶那匹马。水马上将他淹没，他尖叫着醒来，窗外已是白天了。

他挣扎着起来，站在镜子前，他看见镜子里的自己，眼睛旁边有一道长长的口子，眼圈全黑了，脸上满是瘀青。他又躺在了床上，看着窗外。

从那天起，加栋的心就开始变得宁静了下来。有时他会一个人坐在椅子上看着窗外笑出声来。他坐在桌子前又开始写日记了。忽然他想起来什么似的,他拿起自己的日记。他的日记是散页的,没有装订在一起。他把自己的日记本放在楼梯口处的一块木板上。他觉得那样子很好,因为那里有着他的梦想、他的未来。他把它们放在那里,让它们悬空着,像是有意为之,又像是无意为之。他将他看见母亲站街那天写的那张纸抽了出来,然后点燃它。

火迅速地席卷那张纸,金黄色的火像是一条条蛇,泛着蔚蓝色的光,纸慢慢地蜷缩了起来,猩红色的光块逐渐变得灰暗,然后聚集、变小、掉落在地,碎成一块块小的灰烬。加栋闻着空气里烧纸的味道,他越凑越近,灼热感扑向他的脸面,太过有力了,那些烟竟然把他呛出了泪来。等他扔下最后一小块纸的时候,手烫了个泡。纸在空中打了两个转,坠落在地。

那晚,加栋下楼吃晚饭的时候,忽然手肘碰到了日记本,日记竟都像是下雨一样地下了起来。他着急地下去赶紧把纸片捡了起来。父亲见他这样,也捡起了一张来看,上面写着:"我不想住在这里。这里太吵了,我都看不进书。我想要住进一座大房子里,里面有着很多的书,安静极了。我每天都可以看书,不会被人吵……"

那是出事前几天写的。

加栋走到父亲的前面,等着父亲把那张纸还给他。父亲看着眼前这个整天跟个没事人一样的人,不由得来气,他把那张纸撕了,撕得碎碎的砸在加栋的脸上:"还想要大房子?你杀了你老子吧!"

你杀了你老子吧!你杀了你老子吧!父亲的声音在安静的空间里一直不停地回响着。

加栋的眼神像小鹿一样慌张。他突然觉得自己这个梦想听起来是那么让人臊。他连忙伸手去抓那些还在空中飘舞的纸片，想要把它们紧紧地抓住。父亲大声厉喝，唾沫星子溅到了加栋的脸上。加栋蹲下去捡，眼睛都不眨一下，一小块一小块地都捡了起来，夹进了本子里。

全都乱了，他心里想，然后像兔子一样抱着他的日记本回到了楼上。等下楼吃饭的时候，母亲已经把饭盛了出来，父亲正坐在桌子前揪着头发捶打着脑袋。加栋怅然若失地坐着。

"你这又是怎么了？"母亲问。

"有点儿困。"他说。

"整天都在睡觉，家里发生了这么大的事还在睡觉。"母亲开始咒骂道。

他低头扒着饭。

饭桌上，母亲和父亲说她没有借到钱，大家都不肯借她钱。父亲也摇了摇头，抽着烟。加栋这时发现已经戒了烟的父亲又开始抽起了烟。"街里邻居看见我就躲开，大家一到这个时候就都有难处了。"母亲红着眼圈说。

"别借了，我有办法。"加栋忽然抬起头说了这么一句话。

母亲警惕地一下子抬起头问："你有什么办法？"

加栋看着母亲这个样子忽然觉得很是心疼。她已经很辛苦了，可是每天都还得拉下脸面出去，明明大家都不是很想理她，可是她还得堆满笑容去讨好每一个人，那笑容就像是贴在脸上一样，贴久了看起来都皱了。他的心紧了一下。

"哦，没。"然后他又低下头吃饭。加栋觉得这种情况下自己闭嘴会好一点。

父亲和母亲一下子就都愣了。"哼，你刚刚不是有办法吗，怎么又没了？"父亲说。

"你没办法你说什么呀！你要谁去解决这天大的窟窿呀！你这是要作死我们呀，我们这是作了什么孽呀！我们从不和人吵架，也不骗人，不干伤天害理的事，老天这是不长眼呀！"母亲又开始哭诉道。父亲只是看着，透过浓浓的烟雾，加栋看着就在对面的父亲竟那么模糊，好像又回到了从前一样，爸爸不在家，妈妈不在家，就他一个人在病恹恹的灯光下吃饭。

在出事的第七天，已经飘起了小小的雪花，白绒绒的，轻飘飘地在路灯下飞舞，像是某种祭祀仪式。歌声从遥远的天边传来，雪花跟着伴舞，黑夜变成了黑水涌来，雪花都被染黑了，黄色的灯光也都变黑了。加栋的父亲和母亲病恹恹地坐在昏黄的、病恹恹的灯光下。加栋在自己的阁楼上写日记。他看着窗外，然后笑出声来。父亲和母亲听见笑声都不约而同地抬起头看了一眼楼上，又都低下头，彼此无言地坐着。这时加栋母亲把手伸了过去，放在加栋父亲的脸上说，一切都会过去的。

加栋想，可以提前几天实行了。这么想着，他舒了一口气，好像看到了曙光一样。这次他无声地咧开了嘴笑，这么多天来，他第一次觉得这么轻松。

他打开了窗户，看着细细的雪花漫天飘开，等过几天雪大了该就会像樱花花瓣一样，白净而且轻柔。这样一想，加栋就觉得自己站在樱花树下，抬起头，空中满是樱花飘飞，像在跳着曼妙的舞一般，落在肩膀上，香味渗入了皮肤里，一丝一丝地沁入心脾。他把手伸出窗外接些雪，又咧开了嘴。

　　吴秋梅到加栋家的时候，加栋还在睡觉。母亲在楼下叫加栋下来，加栋揉着自己的眼睛下来，看见老师笑着站在楼下，他低头看了一眼自己的衣服就惊得一下子又跑到了楼上去。他是穿着睡衣下来的，怪不好意思的。母亲和老师这时"扑哧"一声笑了，加栋刚刚的行为太可爱了。这个家好久没有这样的笑了，这些天来就像是一潭死水，死气沉沉的，没有新生的喜悦，也没有搅动出的新鲜。

　　加栋再下来的时候，他听见母亲在和老师商量着看学校可不可以给一点儿钱补助他们。加栋默不作声地过去，在旁边听着。加栋看出老师在旁边尴尬了，他知道老师也难做，便把老师拉到门口去。在门口处，老师从包里拿出了一本书给加栋。"加栋在家里也要看书，这样子才可以充实自己。"说完，她笑了笑。

　　加栋看老师笑，也跟着笑了笑。他站在门口和老师说了一会儿话。老师捋了捋加栋额前的头发说："委屈你了，加栋。"

　　加栋笑了笑。"老师，我妈妈和你说的事你听听就算了，别在意。"

　　"可是——"

　　"老师，会好的。相信我。"加栋握着老师的手。

　　"那你有需要的时候要和老师说，老师会尽力帮你。"

　　末了，老师和加栋拥抱了好一会儿。吴秋梅要走的时候，加栋说：

"老师，谢谢你！"吴秋梅也心疼这孩子，她的眼眶一下子就红了，连忙转身离去。加栋在后面大喊了声："老师，再见！"

老师，再见！这句话吴秋梅是听见了的，可是她没有应答。

加栋拆开老师送给他的书。吴秋梅在书的扉页上写着"永怀希望"四个字。

他笑出了声。再过几天就会下大雪了吧，加栋抬起头看了看灰蒙蒙的天。

晚上吃饭的时候，父亲骂了句："娘了个天气，又降温了，冻死我算了。"父亲刚坐下不久，家门口就站了一大堆男人，他们像是有预谋似的。加栋母亲惊慌失措地站了起来，父亲随即就挡在了母亲的前面。最后一个进门的是国煌的母亲。

国煌的母亲一进门就说："钱呢？怎么到现在还见不到一分钱？你们到底赔不赔钱？！"

加栋的母亲弓着身子赔笑说："姐，我们真没钱了，你看能不能再给我们几天，过几天，我一定把钱凑齐了。"

国煌的母亲轻笑了声："过几天？我儿子还躺在医院里需要钱呢。"她轻挥了下手，一群人就围了进来。

加栋的母亲向他们喊道："你们要干吗？我要报警了呀！"那些人还没等她说完就开始砸他们家的东西。父亲冲上去阻止，他们粗野地乱扔家里的东西。每个房间里都是一片狼藉，不成样子，而且门口处还陆陆续续地有人进进出出。

"你们这是犯法的！"母亲向他们吼道。他们置之不理，继续干着他们的事。加栋站在旁边看着眼前的一切。母亲走到电话旁，要打"110"。这时国煌的母亲说："你打呀！我儿子现在还躺在医院里，看看警察会抓谁！"她的话刚说完，一个男人就抄起手中的棍棒猛地向电话砸去，电话机"哐"的一声碎了。

母亲冲上去拍打那个男人，那男的掴了母亲一个耳光，还往母亲的腰腹踹了一脚。男人劲儿大，母亲往后退了几步，就跌在了地板上，嘴角流出了血。加栋看着，他觉得自己的世界都快爆炸了一般。他冲上去冲着那男人就是一拳。

忽然一个男人走了进来。母亲一见到他就变了脸色。"原来是你这个臭婊子呀，倒是挺有能耐生出那样的龟儿子呀！"那男人的话语愈加难听："在床上的时候怎么不见你这般能耐——"这时母亲竟像疯了一样地尖声厉叫起来。加栋自是听出了这话的意思，他不能让任何人在这最后的时刻再往他的家里放一根稻草，他想永远都拥有一个完整的家。他猛地朝那个男的扑了过去，那男的一脚踹在加栋的小腹上，加栋一下子就摔在地板上，疼得直打滚。

"你们这是要干吗？非得把我们逼死啊！"母亲伏在地上拍打着地板哭喊。

一听到母亲的话，加栋笑出了声来，有那么一刻他看见了成群结队的蟑螂像洪水般朝他涌来。他想要护住父母，于是张开双臂。一群男人围着加栋打，母亲竟一下子扑在加栋的身上。男人的脚落在母亲的身上，她痛苦呻吟。父亲听见母亲的声音，他也一下子扑倒在母亲的身上。他们都护住了彼此。一群人围着他们三个人。母亲趴在加栋的身上，父亲趴在母亲的身上。

加栋心里的绝望一下子膨胀到了极点。瓷砖冰凉的气息钻进他的胸膛里。

忽然，一只坚硬的皮鞋踢中加栋的太阳穴，加栋觉得脑袋里一片空白，嗡嗡的，好像下一秒会死了一样。他的脑袋昏沉沉的。

"你们这是要我们死呀，要我们死呀！"这是加栋最后听见的声音。

等到加栋醒来的时候，家里一片狼藉。母亲头发凌乱地披散着，双眼无神地怀抱着他；父亲满身血迹地倚在另一边，独自一人。加栋的双眼扫视着四周，他觉得时候到了。

他伸手碰了碰母亲的脸，对着母亲一笑。母亲哆嗦了一下，然后紧紧地抱住他。

父亲也哭着过来，搂住了他们俩。他们三个人都哭了，像是受伤的野兽，舔舐着流血的伤口。

他们紧紧地抱在了一起。

那一刻，加栋却觉得异常的平静，仿佛身体里的液体都已流尽，宛如那只干瘪的蟑螂，所有的痛苦和不幸都跟着切断，不再联系。一切都到了尽头。

夜深了。外边气温直降。

老师，你说要永怀希望，可是希望是什么？我再怀着希望，这个家就要没了。

加栋坐在自己的窗前。他看着窗外竟下起了大雨。黑色的水涌了过来，像是要把什么都淹没了一般。紧接着，又下起了雪，雪都变黑了。他看见一切都变黑了，水的声音一声又一声地响着，涌了过来。他似乎看见了一条路，那么长，那么黑，一直延向远方。

这一天晚上，谁也没有注意到，加栋的楼上格外地冷。

第二天，加栋的母亲叫加栋吃饭的时候，加栋没有回应。刚上楼梯，母亲忽然撕心裂肺地尖叫了起来，手肘一甩就碰倒了加栋放在楼梯处的日记本。纸纷纷扬扬地飘了起来。

父亲拾起了日记的封皮，上面写着：

……这个家已经为我付出了太多了，我不能再拖累这个家。等我死了，爸爸妈妈就不会再那么累了，就不会再有人上家里来胡闹了，这笔债务就可以停止了。爸爸也可以和妈妈在一起了，如果我还能看见他们的话，我也要偷偷地和他们在一起……

父亲的身子猛地一颤。

等他冲上楼的时候，加栋已经死了。加栋自己割的手腕，嘴巴用一条毛巾堵住。他的手放在水里，让血慢慢地流，反倒没有了知觉，就像是生活。脸盆里的水因为冷，结了冰，猩红色的一片。

窗外，地上积满了一层凋落的厚厚的白色花瓣。

昨夜，下了一夜的雪，天空灰蒙蒙的一片。

停电之夜

...

我就是这样乐此不疲地做着这些梦，每一个梦境就像是让我重新生活了一遍，因为它们存在于我大脑，所以每个都显得是那么逼真，我相信，这些梦境一定在世界各地都会上演。

我是一个完全靠退休金度日的老人，并且常常深陷于怀疑自己的状态中。我的朋友刘财比我还大一岁，现在依旧在不停地做着倒卖木材等的生意，他就像是个发动机一样，永远不停止。

"杨老，你现在才几岁呀，就开始坐等时间了？"刘财就经常对我说这样的话。

"老了，老了，干不动了。"我笑着挥挥手说，忽然又想起了什么似的接着说，"你一辈子都在赚钱，你赚那么多钱有什么用呀？"

"当然有用呀，要是不干活儿的话，全身都痒痒的，年轻时干活儿干惯了吧。"刘财说。

"像我这样多好。"我笑着说。

"我哪能像你呀？你退休了能有政府养你，我可得靠自己呀。"

这时我脸上的笑容僵住了，因为我听出来了，刘财在后半句加重了语气，那意思是瞧不起我不工作靠退休金生活吗？那语气听起来就像是给我退休金的人不是政府，而是他。我知道他是忌妒了，我也知道他必须靠这个来平衡自己年轻时没有平衡的心。刘财经过染色的黑头发被风吹得有点凌乱了,他将了将自己的头发说:"杨老呀,我还有事,我先走了,你就慢慢地过生活吧。"他拍了拍我的肩膀,然后笑着走了。

他一定觉得这一局他赢了,我愤愤不平地猜到。以前我还没有退休的时候,他对我说话是何等地客气;自从我退休后,我总觉得他是话里有话,时不时地提醒我:我已经退休了。我已经退休了我不知道吗?"别拿着你那官腔调跟别人说话。"老婆子经常这样子嘱咐我。可是我能有什么办法?以前所有的同事都是用这种腔调说话办事的,他们要不时地提醒自己:我曾经在政府部门上班,吃的是国家的饭,和你们这些人是不一样的。有一次我和以前部门的同事说起这事,他笑着说道:"要是不用官腔,说不定他们还不习惯呢。"我们都笑了。

请读者原谅我的不够直白,因为即使这样,即使我也得时刻地提醒自己曾经高人一等,我现在的生存方式在一定的程度上也得靠猜度和极大的善意来探测生活和人之间的关系。这种关系可真是微妙,小小的一根羽毛都足以摧毁看似牢固的木架。我现在要小心地通过眨眼频率来求助于这种善意,并慢慢地在自己的心里推测是推心置腹还是在我这里找寻平衡或是利用。这样干挺吃力的,因为面部表情已经僵化,再也做不出那些模仿和装腔作势的表情。总之,我也能觉察到曾经的那些同事也渐渐地不和我来往了。

就是在这样的情况下,我开始时常地做梦,并且每天的乐趣和盼头就在于经历过一夜的梦境之后将它回味一遍,好像又过着另一种生活似的。现实的生活仿若是梦境的拓印一般,所有的人都是现实的人,发生的事也是现实的事,即便置入梦境,我也是远远观望着,真实而又可怕。这样的退休生活,很紧张,又让我觉得自己像是回到了婴儿时期。因为你知道,我以前过的那些鬼日子真不叫日子,每天就知道讨好上司,能少做一件事就少做一件事,还要拿腔拿调的,这样的日子我真是过够了。我说过,我现在的生活在一定的程度上是充满了猜度的,那么我现在也得揣度正在听这则故事的你是否会喜欢,但请你一定要相信,这是把我做过最好的一个梦拿出来说,我让它代表了所有的不管是好的还是不好的梦境,我总要拿出最光鲜的一面来示人。你看,我又开始拿腔拿调地说话了。

这个梦境的开端是在一个停电的夜晚,发生的地点是在我家。那时候我们一家人正在客厅里看电视,失明的姐姐坐在一个角落里抱着她的收音机。突然电视屏幕上的画面成了一条线并消失,亮堂堂的房间变得黑暗一片,屋子外面的月光这时变得尤为清楚。淡黄色的月光纷纷流了进来,仿若要给房间增添一丝的光明,可是那只是徒劳,尽管没有了灯光,那轻盈的月光也显得是那般地微弱。母亲惊呼了一声,所有人的目光都转向了母亲那边,即使我们看不到母亲的表情,可是我能确定母亲一定是身子稍微地向后仰着,我们几个都同时看向了声源,静静地不出声。只有姐姐问了句:"妈妈,你怎么了?"姐姐在家里显得很特殊,因为姐姐是生下来就失明了。

"哦,没事,就是突然停电了。"我们从母亲的话中听出了母亲恢复了往日的表情。"停电了呀,那停电之后是不是到处都是黑漆漆的呀？"姐姐蹲坐在角落里继续发出声响。"哦，是的。"母亲回答道。不知为何，母亲习惯性地说话里面带个"哦"在这样的停电的夜晚是那样生硬和不搭调。"那你们不是也看不见了吗？"姐姐的声音离我们越来越近了。"嗯，到处都黑黑的。"母亲说。"你们都不要乱动，小心跌倒哦。"母亲这时转过头来对我们说道。"孩子们都知道，还用得着你说吗？"这时坐在另一张沙发椅上的父亲也说话了。

黑暗之中我感觉有什么东西轻轻地拂过我的手臂，凉丝丝的，过了一会儿又紧挨着坐在我的身边。我心一紧："谁？"我伸手去摸。

"是我啦，大弟。"姐姐说。

我突然觉得别扭，因为姐姐之前是从来不和我们坐在一起的，她总是自己孤身在一个地方。我们几个人就这么坐着，忽然窗外响起了狗叫声，我哆嗦了一下。"你怎么啦？"姐姐问着。我奇怪地转过头看着停电之后的姐姐，然后迅速地转回头盯着窗外，唯恐有狗窜进房间里来。"没。"我摇了摇头来加强自己说话的说服性，好像姐姐能看见一样。

"刮风了。"姐姐说。

我们都屏住了呼吸，一会儿果真听到了外面的风声还有风刮过树叶飒飒的声响。一股散发着泥土和青草味的风吹进屋子里。不知道是什么东西被风刮倒了，发出了巨响，把一直吠叫的狗吓得停止了叫声，隐隐约约就听到了无助的低吼的响声。我光着脚丫奔到了窗前，想借着这风声看看萎缩的狗这会儿会是什么样子，那是一种莫名的欣喜，因为一种即将目睹着曾经让我畏惧的狗这时也变成阶下囚的快感萦绕着我。在去窗户的途中，我的膝盖撞到了玻璃桌子上，痛得我惊呼了一声。

"你怎么了？"母亲说。

"小心点，要靠自己摸索着过去。"姐姐说，言语之中满是得意，"他还能怎么样？就是撞到东西了呗。"

我转过头白了一眼姐姐，忍着痛继续向窗户那边走去。我按照姐姐刚刚说的，先伸出脚去探索一下，紧接着另一只脚出去，如此一番总算是走到了窗户前。

阵阵大风向天空纵扫而上，路边的树都跟着摇晃。所有的野狗都躲了起来。辽阔的天空像一桶浓稠的黑蓝色的水彩，偶尔的闪电像是银光把整个天空都劈开了。闪电的周边还有着一条条充满电流的线条，整个天空就像是即将爆炸的能量球，止不住地颤抖，随后天空传来了轰隆的巨响，吓得我蹲下身子抱住自己的头，耳边传来母亲的低语："上帝保佑。"过了一会儿，我又站了起来趴在窗户上。天空融成了一个色调，风在天地间像利刃一样地割破空间，人们是看不见这股大风的，你可以听它的声音，还可以在它对树木、对房屋疯狂的袭击中感知到它的力量。大自然的力量足以使一切事物毁灭，我的内心忽然对大自然怀有了敬意。

"大弟，你去外面的店里买几根蜡烛来。"黑暗中父亲又说话了。

我转过身，先是看着大门，昏暗之中我连门的轮廓都看不清。"我看不见门，不知道门在哪里。"我找着借口说道。这时窗外的天空又亮了一下，我赶紧蹲下身子捂住耳朵，借着那亮光我看到了门的位置，父亲依然坐在旁边的沙发上，而姐姐不知什么时候已经坐到了母亲的身边，母亲闭着眼，双手合紧放在自己的胸口。

"快去。"父亲的声音大了起来，是不可抗拒的命令口气。

"嗯。"我极其不情愿地答应了。从小父亲就不怎么和我们说话，他在建筑工地当包工头，很多次晚上在我们都睡了之后才回来。他在门外咚咚地大声地拍着门，我趴在楼上的栏杆看着母亲搀扶着他进来，他满脸通红，软绵绵地靠在母亲身上，可是双手却还像他平时在批评政事时一样地"指点江山"。有的时候父亲还会请一群人回来吃饭，这个时候母亲都是要求我们待在自己的屋子里不许出来。客厅里他们大声地谈论，毫无保留地大笑，仿若在比试着谁的声音更大一般。在酒桌上，在工友中间的父亲是那么健谈，可是对我们他可不怎么讲话。即便这样我对父亲还是会觉得害怕。多少次我看见父亲双颊绯红、目光灼灼，粗红着脖子，大声大气地说话，像是要吃了人。

"注意点儿风，小心点儿。"母亲说。

"嗯。"我点点头。刚要移步的时候，姐姐就过来了，她走到我的身边说："走，我带你去门口，不然你又要摔倒了。"姐姐突然冒出来着实吓了我一跳，我脚步笨拙地跟着姐姐一步步地走向门口。在门即将关上的时候，姐姐在家里说："你们呢，要拿什么不方便的话叫我就是了，我觉得停不停电都没关系。"我还听见了父亲粗声粗气地说了句："一个女孩子家多什么话！"

我站在门口朝远处瞅了瞅，野狗们都不知道去了哪里，这时我才松了口气。我顶着迎面而来簌簌作响的风向前走去。身后的夜晚已经变成了黑蓝色——密密实实，就像开世之初，只有大自然的力量和气息，那种感觉仿若是你果决勇敢地想要走过去，可是只消走几步你就

停电之夜

会明白那已经是无法穿透过去的,你虽然在行走着却没有向前移动,就像是在梦中那样,你的脚还卡在地上,你的思绪无尽地向前奔跑,不休地质问着,被夜晚形而上的歧路引偏方向。狂风把各个住户门口清扫得干干净净,所过之处的路全变成了空茫茫的一片,整个小区被大风剥得赤裸裸的。每家每户都点上了蜡烛,人们紧紧地把门锁住,蜷缩在家里。我站在马路边看着房子里窗边的白色的蜡烛、黄色的光,一望过去都是差不多的,这样子看起来丑极了。我一定要买很多种颜色的蜡烛,我想。

偶有还没回家的行人,压低了头往前走。忽然一个人撞到了我,他抬起了头说了句"对不起"就继续前进,行色匆匆的,毕竟谁也不想暴露在这样的天气里。我看见他掉在地上的钱包,我叫了他一声,他并没有理睬我,我确定他是听见了。我停了会儿想想可能是我叫的方式不对,于是我改口叫道:"喂,你的钱包掉了!"这时前面的两个人都转过头来盯着我看,又盯着地上看。和这东西沾上关系才会有人理你,我想。

我裹紧了衣服往前走,大风把凛冽的寒气和各种死寂的东西吹上天空——红色的塑料袋、白色的废纸还有各种不同颜色的垃圾,它们纷纷在空中盘旋飞舞,像是在赴一场盛大的舞会,显得滑稽极了。

等我从商店出来的时候,我才发觉夜已经来临了。风更加强劲凶猛,并且不断地扩大,弥漫了整个空间,风在空中形成一个旋涡,形成一片黑色的迷宫,无情地向上空扩张着。风在迷宫中莽莽撞撞,在闪电的亮光中逃窜。忽然而来的闪电的亮光使得天空裂开了,在那中间我似乎看见了小区变成废墟的样子，轰然倒塌的声音也随之而来。

　　树叶被风刮得飒飒作响，这些声响就像是被扼住喉咙的人在发出乞求式的呼喊，这股呼喊渐渐地变成了喘息，整个天地间开始充满了喧嚣和恐怖。但是，更多的房屋在一声尖厉的呼叫中、在一下预示性的痉挛中升起，发出灾难性的咆哮。我转过头看，一只黑色的野狗在我的后面。我的心跳开始加快，太阳穴暴跳个不停。我拿着在店里买的彩色蜡烛朝它挥了几下当作警示。它也不畏惧，左边的后腿向后迈了一步，它压低了脑袋，发出了不详的、黑色的、低沉的、狂热的、痉挛性的吼叫。它颈边的鬃毛随着风往后刮，两只黑色的眼睛在夜晚里闪闪发亮，带着冷光，足以让我双腿发抖。它从喉咙里发出了一声吼叫，紧接着从别的地方也发出了狗叫声。我能够想象得到它们的大小、形状各异，在各自的院子里、小巷里耸着身子大喊，表情黯然、紧张、愤怒而又警觉。它们三三两两跑过来，伸着长长的脖颈，竖起耳朵，那令人战栗的号叫声从喉咙里奔出来，凶神恶煞的、想要咬断一切东西的气息在它们身上忽隐忽现。尖利的獠牙、红色的血、肮脏的口水，这些构成的画面不住地从我的记忆里涌现出来。

　　我转身逃跑，那只狗也在我后面紧紧地追着我，我开始想象着被狗追到的画面：它扑在我的身上，咬着我身上的每一个地方，那种锥心的疼痛想想都足以令人打战。周围的风冷飕飕地刮个不停。我大声地尖叫起来，每一句叫声都觉得用尽了全身的力气，可是依旧没有人打开门看一眼发生了什么事，甚至行人都没有停下来帮助我驱赶狗。过马路的时候红灯亮了起来，这时我依然冲过马路，我想让车把狗撞死。刹车声、司机的带有脏话的骂声、鸣笛声在我身后响起。我转头看着，那只黑色的狗还在我的背后。我的腿突然一软，一个趔趄倒在了地上。那只黑色的野狗一瞬间扑在了我的身上，它在我耳边喘着粗气，发出了低沉的叫声。我屏住了呼吸，妄想让它嗅不到呼吸的气息然后离开，可是它在我身上一直站着，它的口水滴落在我的脸上，我都能闻到口水的臭味。我的身体开始小幅度地痉挛，我的灵魂开始逃窜。我难以想象如果不同地方的狗都赶了过来我的肉体会被撕咬成什么样子，它们会如何分享我的身体。我用余光瞥见了那只狗张开了大嘴，我害怕得感觉到疼痛。

这时天空又亮了一下，紧接着雷声就响了。我能感觉到它在我身上一下子就软了，从喉咙里挤出了低沉的呜呜的叫声，然后撒腿就跑了。我赶紧爬了起来，拾起散落在街边的彩色的蜡烛跑回家去。第一次，我对这令人感到恐惧的雷声产生了好感。

等我到家的时候，姐姐已经在门口打开了门。她说："我站在窗户边就听到了你的声响了，我怕你在屋子里摔倒了所以先过来等着你。"

"蜡烛买回来了？"父亲依旧冷冷地问道。

我点了点头，然后由着姐姐带我到父亲的身边。父亲从我放在桌子上的一堆彩色蜡烛中拿出了几根。红色的、黄色的、白色的，还有那种像是断电之前天空的绯色的，所有颜色的蜡烛在一根微弱的蜡烛光的照映下投射在他的脸上，显得昏暗一片，分不清色彩，看不清他的表情。他把一根根蜡烛插在房间的各个角落，每插上一根，他都要拿来一根白色蜡烛点亮这根蜡烛，把周围观详一番，插完这些蜡烛已然是费了他不少的工夫。

巨大的昏暗下的我们无聊极了,都看着父亲是如何一根根地插上蜡烛,整个过程就像是在完成一件艺术品,可是谁都知道,等蜡烛点完了就只会剩下一小撮的灰和混浊的蜡油。"爸爸在干吗?"姐姐问。

"爸爸在点蜡烛。"妈妈手里握着她的十字架,保持着祷告的姿势。

"点蜡烛有什么用?"姐姐这个时候轻声地说了句,"我不是每天都这样过的?"

我忽略了姐姐的后半句话。是呀,点这些蜡烛又有什么用?只是徒劳,不过一个晚上的时间,我们睡觉就完全可以把这些时间度过,父亲却执意要点上这些蜡烛才能睡觉。这时我们已经移到了餐厅里,一起围着餐桌坐着。我双手肘立在桌子上看着这些可怜的烛光,天花板上的吊灯这时候阴暗得像只巨大的蜘蛛,每一条垂下来的链子都是它的一条腿。平时我们都是靠它给我们提供光明,它显得是那么神气;今晚它却如此狼狈而不显光彩。但即使这样,父亲在点蜡烛之前也看了它一眼,毕竟这些这时用到的蜡烛只不过是代替它偶尔给我们带来光明的可怜的替代品罢了。

这里曾经是多么明亮和灿烂,白色的光从头顶上的那盏吊灯中散发出来,我们在这灯下祷告、嬉戏、吃饭,我们都不以为然地任它随意地流淌着,有时候我偷偷把不想吃的肥肉扔在桌子上的时候还会被母亲看见,这时我都会抱怨说:"这灯怎么这么亮?"这时电停了,灯也不亮了,我们今晚就看不见那些匀称的光亮了。烛光随着微风轻微地摆动,摇曳着的光亮把整个房屋弄得来回摆动,像是摇摇欲坠的样子,这就像是一个魔法的空间,那些彩色的烛光偶尔交接在一起,不断地拼凑出新的颜色,它们在黑夜里是那么微不足道,发出的光亮和灯是不能比的,但它们也在时间里,在若明若暗的房间里垂悬着。这些有着形状的烛光散发着热,姐姐趴近了看,我们看着姐姐,她的脸是那么光亮,可是背后却是整个屋子里显得最黑的。我盯着她的背后发呆,在阴霾的深渊里藏匿的光明,即便是那么一丁点儿也足够让人怀抱着天使,可是这一点光亮是如此难得,显得弥足珍贵,就像是在一种不安的气氛中,很难有谁的声音可以穿透这个阴暗的、停电的、不安的氛围。

"小心!"妈妈在背后说道。姐姐看不见蜡烛,她越凑越近,吓得母亲赶紧提醒她。

"有光就是好呀,什么都看得见。"我随口念叨了句。

"妈妈,我还是看不见这些光,我只是感觉到这些光散发出来的热,比那些灯泡都热。"姐姐这时说了句话,最后是以一声叹息结束的。之后她又安静了下来,就像之前一直有电时候的样子。

"该把今晚的垃圾拿出去倒了。"母亲说,然后拿着垃圾往外走。突然她又惊叫了一声,我们都把眼神转到了母亲的那个方向。母亲站在门口,而站在母亲对面的是一个老太婆。她佝偻着身子弓着腰站在我们门口。她的头发蓬松而又凌乱,我只能隐约辨认出那一头杂乱无章的头发。因为烛光的昏暗,她的脸上阴暗一片。我急着跑到母亲的身边,父亲在身后说:"没什么事咋呼什么?"我转过头看了一眼父亲,我才不管他说什么呢。等我过去的时候,我瞧见老太婆的眼神飘到了我的身上,从我的头顶到我的脚,她的眼睛上下转动着。我和母亲被站在我们门口的她吓了一跳,而我也还没从那黑狗的惊吓中走出来,这时她又用一种想要看穿我全身的眼神一遍遍地看我,我感觉就像是自己赤裸着身子任人观赏。

我们三个人就那么站在那里,谁也不动,甚至连姿势都没有换。直到父亲在后面说了句:"还不去倒垃圾吗?"母亲才突然怔了一下,提着掉在地上的垃圾袋准备往前走去。

"妈妈,要不要我陪你?"说句实话,要是把我留在这里和老太婆对视我也会感到害怕。

"不用了,你进屋吧。"说着母亲准备关门,我瞧见那个老太婆身后房屋里的样子。她的房屋里摆着一张木质的大桌子,上面放着一个点着根白色蜡烛的烛台,房间因为烛光的阴暗散发着一股冷冷的气息。那个桌子下边还有一张桌子。平时我看不见她的房屋里有谁出入,那个屋子成天都是从里面锁上的。她就一个人住吧,那她会不会是个寡妇?我不禁猜想着。忽然那个老太婆笑了一下,门就关上了。

母亲会不会感到害怕?我站在原地想着,心还没有从那只黑狗带来恐慌中出来。忽然一闪眼,一团黑影从我眼前闪过,像极了一条黑狗,吓得我赶紧跑回餐桌旁。在我陷进黑狗的困境和为母亲担心中的时候,门外响起了敲门声。"你妈妈回来了,去开门吧。"父亲说。

我从椅子上跳了起来,打开门看见是母亲,我紧绷的心一下子就松弛下来。对面的门已经关上了,好像之前那一幕就不存在一样。突然我的好奇心起来了,我想象着隔着一扇门后的房间会是怎么样的,

停电之夜

那个老太婆现在又在干什么，人类总是会对未知的事物充满了好奇。我像那个老太婆那样地弓着腰趴在她那扇门的门缝前，里面阴暗的橙黄色的灯光盈满整个房间，我却怎么找都找不到那个老太婆，而且我发现之前我瞧见的那张桌子也不见了，取代那张桌子的是一堵墙，那个烛台是放在墙上的，墙上刻满了一道道花纹，显得生动而且阴暗，每一条线条都像是要活过来一般，随时准备着开花。

"进来！"父亲在背后喊道。我转过头看了一眼自己的房屋，然后就回去了。是不是人们都爱窥探别人的生活？这样想着关上门的时候，父亲的声音忽然大了起来："你刚才那是在干吗？被人瞧见了，人家以为我老杨家的孩子是个小偷。"父亲粗声地说道。就是因为他这样，所以我对他既怀有敬畏又怀有怨恨。与其说是敬畏倒不如说是害怕，假如有一天我长得足够大，有足够多的力气，我第一件事就是去挑衅狗，第二件事就是不听父亲的话。想到这儿的时候，我忽然"扑哧"一声笑了。父亲看着我摇了摇头，强忍着怒气骂了句："窝囊废。"

我想要用我的眼睛来表达我的愤怒，因此等到我用余光瞥到父亲不再看我的时候我雄赳赳地抬起头怒视着父亲。

忽然一阵风刮了过来，屋子里的蜡烛全都被风熄灭了，房间顿时黑暗弥漫。父亲大声地骂了句"干"，然后摸索着起来准备去拿火柴。我听见妈妈祷告的声音："愿主保佑我们，让一切归于无事。"紧接着我听见母亲在低声地诵读圣经。父亲经过母亲身边的时候骂了句"到底是个女人"，言语间满是原始的气味。

"哐当"一声，不知道父亲把什么东西碰倒了。姐姐在我旁边说了句:"爸爸,你在找什么?"

父亲并没有理睬姐姐,他依旧在黑暗里摸索。忽然又一声杯子掉在地上的声音,玻璃碎的声音在这样的夜晚显得格外地清脆。我坐在椅子上,眼睛看向窗外,突然我看见窗外不远处的树下有一条野狗,它闪闪发亮的眼睛在风中游荡着。它定是想趁着这夜漆黑好咬我一口。"姐姐,你快去帮爸爸找火柴。火柴放在客厅右上边的柜子上。"我说道。

"嗯,好。"姐姐的言语间透露着兴奋。

我是从来不叫她为姐姐的,因为她先天的缺陷,在她面前我总觉得自己优她一等。其实人都是这样的,不管是我也好,姐姐也好。现在我们都处于同一环境下,姐姐的失明为她带来了便利,因此对于我们需要干什么她总是表示出异乎寻常的热情,她迫不及待地想要把自己的这种优于我们的感觉表现出来,而这表现的背后其实又何尝不是心里最深处的自卑在作祟。在这个时刻她一定觉得自己棒极了,我们这些长着健康眼睛的都跟没用似的,她心里的平衡感和优越感一下子就出来了。

"爸爸,我拿到火柴了。"没一会儿姐姐就站在那里说,并把火柴交到了父亲的手里。

"都说了不用你找,我自己找得到。"父亲大声地说。

姐姐没有吱声,过了一会儿她说:"爸爸我带你过去吧。"言语依然很轻,就像怕碰触到某种电线一般。

"我都说了我自己能过去,你是觉得我还不如你吗?"父亲的声音中开始夹带着愤怒。

停电之夜

"不是这样的，不是。"姐姐连续用几个"不是"来表达自己的意思，她一定觉得恐慌，声音也开始有点儿紧张。

"小妹，快过来。"母亲唤着姐姐过去。"你真棒。"母亲说。

"女人真是无知。"父亲站在那边嘟囔了句。从他站的那个位置到他点起第一根蜡烛的路程中，父亲撞倒了两把椅子，打了一个杯子，其间他还发出了一声低吼，大概是撞到什么地方了，他骂了句"干"。母亲还在诵读着圣经，她说："你今晚真棒。"姐姐没有吱声，过了一会儿她说："我就想帮你们一点儿。"声音是那么轻。

这时父亲把第一根蜡烛点上了，我看见父亲背对着我们用手擦拭了一下脸颊。一支蜡烛在漆黑的窗玻璃上映照出很多个影子，我们的身影就被刻在了上面，长短不一，各自有各自的形态，每一个都是漆黑一片，就像是带着罪恶的黑痂，等待着新生。

房屋里的彩色的蜡烛被逐一地点上，我转头看向窗外，那条野狗已经不知道跑到什么地方去了。父亲对姐姐那个方向说了句："小心不要被烧到了。"这时我才舒缓了一口气。野狗终于不见了。

在这个梦境的结尾时，烛台里的蜡烛越烧越短，在烛光即将灭之前，天就忽然地放亮了。

我就是这样乐此不疲地做着这些梦，每一个梦境就像是让我重新生活了一遍，因为它们存在于我大脑，所以每个都显得是那么逼真，我相信，这些梦境一定在世界各地都会上演。

哦，对了，我忘记告诉你，我小时候曾经被狗咬过一次。

下雨的眼睛

世上的所有事都不是像人们所说的那样,人们在规定了痕迹之后却有了另一条轨道。突然有一天,我听见有什么东西在敲打着窗户,我心一惊起身拉开窗帘,整扇玻璃上都是水,豆大的雨滴在玻璃上汇聚成了一条条小河,一直滑落到地面。

在一个下雨的夜晚我从梦中醒来,豆大的雨滴打在窗户上,雨声沙沙作响,像是有风刮过树叶。这时我突然想起梦中也是湿漉漉的一片。我站在马路边,一辆汽车停在马路的正中间,橙黄色的车灯远远地照向远方,地上血红色一片。天空噼噼啪啪地下起雨来,整个天空浓稠得像是化不开一般。我抬起头,雨水掉落在我的眼中,我能清晰地感觉到雨滴砸在眼里所带来的刺痛感,它们一滴滴地裂开,无数的像花瓣的雨珠纷纷从我眼里逃窜,是那么绝望,我都忘记了出声。就是在这样的梦境里,我被窗外的雨惊醒。

这样的夜晚想必也是睡不着的,很多个下雨的夜晚我都睁着眼睛看着黑色的屋子,漫无边际的、看不见的世界都化成一片的黑色的空间,整个世界只有低沉的下雨声和急促的呼吸声。我的脑袋里不停地重合着几个人,他们一起去发出怪声,一起做很多事,就好像是一体的。我躺在床上看见床脚处的一个大箱子,便起身打开灯,准备整理东西。

我今天刚搬到这个地方来,只带着自己的衣服,像是越狱般地从原来的地方离开。我习惯性地蹲下身，打开箱子第一件东西便是一张照片，我盯着那照片发了一会儿呆，才想起我最终还是舍不得地把这张照片带在身边。听着外面的雨声，我的耳朵里又响起了汽车紧急刹车的声音，车前灯打在他的身上，有红色的液体朝我的脚边流过来，我的面前躺着一个人。我的整个世界都像是下起了雨来，噼噼啪啪地响着。我的脑袋里开始出现他的声音，他说："我好疼，好疼。"我突然听到自己的脑袋嘣的一声，急忙把照片塞进箱子里，到处找胶布，然后把箱子封了一圈又一圈，好像这样我的心里才会好过些。

起身，打开窗户。雨不知什么时候已经停了，远处开始慢慢地漫起了水汽，看起来好像很远，仿若是给人蒙着一层面纱远远观看。我忽然想起张显了。张显是我的男友，他是一个朋克族。他留着红色的飞机头，眉毛和嘴唇上打上了眉钉和唇钉，他时常穿着很夸张的衣服。他很黏人，不，这句话应该这么说：他很黏我，除了我，他谁也不信。哦，对了，张显还有蛇舌。鬼知道我和张显是什么时候认识的，我就记得一次在迪厅里，张显走到我的旁边，然后点了根烟，借着打火机的光，我看见了他的蛇舌。他笑着说："你有兴趣吗？"

我摇了摇头，心里却对这个有着蛇舌的男人无比好奇。我伸出手想要碰触一下蛇舌，那就像是一种无形的诱惑，而我已经深陷其中了。想到这儿的时候，雾慢慢地朝我聚了过来，我整个人感觉飘飘然，我觉得我的整个世界都开始沉沦。等到雾聚到我的跟前的时候，我的世界就都是水了，连我做的梦里面都是水。

我有没有和你说过我时常做梦？梦里灰色的天空总会下雨，豆大的雨滴从天空匆匆忙忙地往下跳，打在身子上，我无助地抬头看向天空，雨水不断地从眼睛里流出。我以为我能看到什么，手中紧握着手链垂下来的一个十字架，从浓稠的天空上掉下的雨水也沾满了十字架，一滴滴地顺着十字架的边缘往下滑，"嗒嗒嗒"地掉入了地上的雨水中。我低下头看着这些不断有新雨滴加入的雨水，又抬起头睁大了眼睛看着天空，我以为我能寻找到我可以看得见的东西。

第二天醒来的时候雾已经散去了。整个世界焕然一新的感觉。我提着垃圾往楼下走去。楼梯转角处的窗户上安着一块五颜六色的玻璃。阳光从玻璃外流散进来，懒懒散散地躺在每一级的台阶上。我驻足看了一会儿，抬起我的手臂，让垂着的十字架对着这片彩色玻璃的中间，像是一场无声的关于光和影的祷告。五颜六色的阳光在手链的每一颗玻璃珠子里诞生，十字架反射着这些彩光。我突然想起张显是顶讨厌这种五颜六色的窗户的，这时我为自己忽略了张显的想法感到羞愧。

"嘿，我过去下。"突然后面传来一声男声。我朝左边站了站，他从我旁边擦了过去，在那面彩色玻璃前也停住了脚，然后转过头看我。"你手上的那个十字架真好看。"他说，然后就自顾自地下楼，我刚想说的话停留在了嘴中。

有时候人和人的感情真是奇怪，或许不喜欢，可是在一起久了就觉得成了身体的一部分，那种感觉是分不开的，即使是产生了隔阂或是争吵，也像是身体哪个部位擦破了皮，会流血，会疼。真要分离的时候，就像是缺失了一部分，失去的已然不仅仅是回忆，更是前天，是昨天，甚至明天都随着他的离去抽走了。

　　再见到那个男人的时候是在中午。他敲着我的门，门开后一见到是我，他惊呼了一声。我疑惑地问他："见到我很奇怪吗？"他耸了耸肩说："为了表现一下我的欢喜之情。"我没有表情地看着他。"我住在你对面。"他说道，然后让开点空隙让我看他的房门。我点了点头，两人站在门口近乎对峙着。"怎么，不请我进去坐坐？"他歪着嘴巴说道，像是在笑。整个空气里的微尘都朝着我的房间涌进，我可以清晰地看见每一个微粒，阳光所带来的味道和七彩玻璃带来的彩色的光在每一个空间里荡漾着。我像早上遇见他时那样给他让了个道，他擦过我的身子进入我的屋子，那一瞬间我能闻到他身上的烟味。

　　"你刚搬来吗？"他边走边问着。

　　"嗯。"我点了点头，然后扔给他一瓶水。

　　他找了个地方坐，然后拧开瓶盖。他低垂着头，长长的眼睫毛在阳光下轻微地抖动着，他认真而又专注地喝着水，像在进行着一次洗礼。他喝水时喉结随着水流进入身体而上下滑动着，我似乎都能看见水流怎么样轻柔地从他喉咙处滑过。我痴迷地看着它。以前张显还在的时候，我最喜欢做的一件事情就是摸着他的喉结，似乎这样做便可传递出某种信息。这就像是一种没有目的性的偏执，人们总要借助身体的某一个符号作为载体，寄托一种深深的情感，好比信仰和臆想一般，而我则热衷于此事。

　　他抬起了头看到我盯着他看，他一愣，然后扬着右边的嘴角问我："怎么一直盯着我看？"

我意识到自己的失礼,然后摇了摇头:"没什么,看你喝水的样子真舒服。"

他又笑起来了,但每次他的笑都很快地就过去了,我有时候就在想是不是微笑对于他来说就像是一个面具或是说是一件打了补丁的衣服,需要时便随时可以挂在脸上。"生活就得认真。"他喃喃自语。整个窗户外的阳光都溜了进来,远处的树木就像是披着一件衣服,树叶上透明的晶体还在向外反射着光。晌午的太阳带来浆果的清香,窗户外也没有多少行人,这是属于午睡的时间,只有蝉还在树上不知疲倦地叫唤着来表示着这个世界的生机。这时他指着窗外的一棵树说:"你信不?那棵树上都是雨水。"

我顺着他手指的方向,看着满树的绿叶,摇了摇头。

他把手放在窗框上,把头埋进臂弯里笑出了声,然后才抬起头问我:"要我和你一起收拾屋子吗?"

我看着他的眼睛到处滴溜溜地转着,阳光洒在他的身上,因为昨晚的雨,外面所有的事物都崭新崭新的。我点了点头,然后我们开始搬床和一些大家具,这样子一直忙活到了三四点钟的样子,他把那个箱子打开了。他拿着那张照片,说:"这是哪儿的风景?"我转过头看见的时候,心开始扑通扑通地跳了起来。照片是正对着我的,光块落在照片中张显的眼睛上,他是对着我笑的。是的,你没有看错,张显在对我笑,阳光下,他全身都在发光,他站在照片的旁边,我在他的每一个耳钉上看到我自己的影子,他红色的飞机头是那么熟悉。那一刻,我的心情无法用言语表达,我尽量地克制着自己,但是我还是忍不住大声地笑了出来。"张显，你回来啦？"我笑着大声喊道。

"嗯，我回来了。"说罢他张开了双臂向我示意。

我欢呼雀跃，我可以确定这是我到目前为止觉得最快乐的一次。我飞奔着向张显扑去，可是我一个踉跄扑了个空，眼前的张显忽然不见了。

"我在这儿呢。"张显站在我身后的角落对我喊着。我转了个身，看着还在角落里的张显我也笑出了声来，他又朝我张开了双臂，我朝着他那宽大的胸怀扑去。可是等我过去了之后，张显又不见了。我的心咚咚咚地响着，我突然觉得狂躁不安，我愤怒极了，可是我太想张显了，你能想象得到那种天天脑子里只有一个人的感觉吗？那时我的生活的重心都在他的身上。忽然张显又在我的背后说："晴儿，来呀。"我欣喜地转过头去，这次我小心翼翼地一步一步地朝他走了过去，我以为这样我就一定能够抓住他，可是在碰到他的那一刻，他又不见了。我期待着他的再一次出现，我站在原地等了好久都没有人出现。我心慌极了，我把房屋里里外外找了个遍，嘴里不停地喊着张显的名字："张显你在哪里？张显你在哪里？"我边喊边找，手上的手链垂着的十字架随着找寻碰触东西响个不停，金属相击的声音，在我的耳中幻化成张显的声音，可是我始终都没有找到张显。我突然觉得绝望极了，我像那个下雨的夜晚一样，无助地抬起头，我看着头顶上的空间，我以为我能看到令我解脱的东西，可是在我眼里的始终只有雨水。我空洞洞地望着天花板，像瘫了一样地躺在地上，脑袋里有很多个画面在不停地闪过，然后又重新组合着。

明明张显才离开我没多久，可是有时候想起他竟觉得他离开我好久一样。我能真真切切地感觉得到他在我的生命中存在着，可是除了我之外没有一个人承认过他的存在。我就像是一个在空无一人的城市中穿过摩天大楼的女孩儿，有锋利牙齿的机器在不停地建造着新的大楼，它们大口咀嚼着空气就像是在身体里吞噬着器官。我穿过这些高大的建筑物朝清凉的河边走去，在路上我一直想着：好像在很久之前，父亲还带我去过河边，不过后来河不见了，父亲说，他以后会再带我去河边的，可是粗心的父亲后来一直没带我去过河边；后来张显也说要带我去河边，可是他和父亲一样粗心，到最后消失的时候也没能带我去河边。在我走向那条河的时候天空就下起雨来，细细的雨丝轻抚着我的肌肤，我觉得无比地凉爽和惬意，万物好像都在月光里游。等我到河边的时候雨已经下大了，噼噼啪啪的雨滴像是有人从天上倾倒下来一般，把我全身都给浇透了。我惊恐地看向四周，想要找到一个可以避雨的地方。远处教堂的钟声开始敲响，我手上的十字架随着声音晃动着，震感沿着我的神经末梢无休无止地回荡着，这震感和撞击声融为一体在我心里响着。忽然有个中年男人出现了，我以为那是我的父亲，可是那个人牵着我前方突然出现的女孩儿回去，为她撑开了一把伞。就在这时我无比期盼着张显或是我的父亲会出现。我在雨中冷极了，这种莫名的无归属感的悲哀在雨中被无限地放大，像是一艘无畏的战舰的舰首，它沉下去而使我的世界被水淹没。铁锈被水用力地冲刷掉，战舰沉在海底。我听见炮架像熊爪落地一样地悄无声息，却造成极端的疼痛，看到它们在流口水，在流血。

"喂，你怎么了？"那个男人蹲在我的旁边，一只手摸着我的头，另一只手仍然拿着那张照片。我从他的手中抢过那张照片，然后腾地一下子跳了起来，十字架撞击地面发出了清脆的声音。我把那张照片放在了枕头下面，再出来时他抱着手臂站在窗户边。"你信基督？"他指着我的手链问着。

我点了点头。

"刚才你喊的'张显'是谁？"他问。

我没回答他，说了句："昨天下雨了，你听到雨声了吗？"

他也没回答我，只是点了点头，然后也看向了窗外。过了一会儿他又问道："张显是你男朋友吧？"他转过脸来，企图从我的嘴里知道什么，我看着他长长的睫毛，我说："你能把你的睫毛剪下来给我吗？"

他瞪着我看了一会儿，然后从箱子里翻出剪刀放在我的手里。"你剪吧。"他说。我小心翼翼地剪下他的睫毛，然后放在一张纸上注视了好一会儿，我说："你知道吗？张显也有着和你一样长的睫毛。如果没能把我痴迷的男人的喉咙剪下来，我想把最靠近他眼睛的睫毛剪下，也能日夜从那睫毛中窥见那些已经被隐没在眼睛后的爱和恨。"

他睁开了眼睛，没了睫毛的眼睛突然变大了。他蹲坐在地上，擦拭着我裙角的一处白东西，然后站起身来整理箱子里的东西。"边整理边说吧。"他说。

在那样的一个下雨后的下午，我和他说起了张显这个人。

"张显是我的男朋友。他有着长长的睫毛，对，长长的，和你的一样长。我们在一起很多年了，在我还在上学的时候我们就在一起了。他每天会接我放学，带我出去玩，我常以为我们会这样一直持续到我们结婚。他穿着怪怪的衣服，有着红色的很拉风的飞机头，他的脸上、鼻子上挂满了眉钉、鼻钉，谁也说不清楚那到底是有几个，每次和他一起出去总是有很多人看着我们。每当他说话的时候人们的目光总会被他的舌头所吸引。张显经常说我穿衣服的品位很奇怪，他就是这样的一个人，在他的世界里只有以他的眼光衡量所有事物并且觉得可观的才算是好看的。他焦躁不安，没有耐心，沉默寡言，他不允许我有除了他之外的男人。他对我很好，他无限度地宽容我，没有抱怨，偶有过分的时候，他嘟着嘴嚷嚷了两声就向我道歉。在我和他在一起的日子里，我觉得生活是那么安逸，可是我却不是真的喜欢他，只是因为他的蛇舌很令我感兴趣，这种关系往往是最坚固而又不可分开的。每天我们都过着重复的日子，我在家里等他下班，然后我们出去吃饭，回来睡觉。哦，对了，张显还是个基督教徒，他始终对耶稣有着无限的敬仰。喏，你看我的手链上的这个十字架就是他从自己的脖子上摘下来的。我总觉得全世界就是全世界，于我而言并没有多大的区别。每次晚上吃完饭回来的时候我们都会玩一个游戏。我站在马路的中间，然后冲着他喊：'张显我们殉情吧！'可是我怎么想也想不到有一天真的会有一辆车朝我开过来，张显把我推到了一边，自己被车撞了出去，并且像电视剧里面演的一样，再也没有醒过来了。

"那一天晚上下着雨，整个世界都是湿漉漉的，我扔开的伞像我一样无助地倒在路边，手足无措地看着路中间全身血红的张显。我的内心惊恐极了,我无助地抓着自己手里的十字架抬头看着天空。整个天空像是一件黑色的大衣服,很多碎了的玻璃从空中落下,掉在地上,'嗒嗒嗒'地响着,掉在我眼睛里的,把我的眼睛给割伤了。所有的星星都变成了黑色的。黑色的雨水映照出黑色的天空,沉思默想的天空上的星星孕育着一个又一个流着血的尸体,发出'呀呀'的响声的乌鸦在头顶盘旋,幻觉的天空中落下了棺材和花圈,坠地发出沉重的响声在天地之间回响。我的眼睛疼极了,喉咙发不出声音来,到最后我使劲地眨着眼睛,我以为只要这样我就可以舒服点,星星又会变成金黄色。"

我边说边把玩着我手中的十字架。我似乎都能闻到上面发出的血腥味。

"还好你没有事。"他抚着我的后背说着。

"可是张显死了。"我一把打开他的手,"你怎么能那么说话呢?"我觉得难过极了,我把头埋进臂弯里,企图在一片黑暗里找寻到自己的衣服,我就像是被剥了衣服的人在路上迷迷茫茫地前进着。

"我以为我是不喜欢张显的,我以为张显离开了我就可以过上自由的生活,我以为张显于我而言是个无关紧要的人,可是我没想到的是,张显走后,我突然觉得我的整个世界就跟崩塌了一样。我找不到任何的出口。张显不见了,可笑的是我一直以为他还会回来,于是我在家里等着他,可是他一直没有回来。我时常做梦,梦里潮湿的一片,醒来也是潮湿的一片。我每天过的日子都不叫日子,从早上睁眼的那一刹那起,我只觉得煎熬的一天又开始了,整个世界都是灰色的,所有的东西都是倒着的。窗外的景色看起来往往都是寒丝丝的。到了外面,湿漉漉的一片。日子就像回到了原始，没有时间，没有期盼和活力。对于我来说，时间是完全没有感觉的。也许是天太冷了吧。每天都希望快些打发光阴，盼望着明天快些来到，却又没有具体的事要干，只是觉得这样子又过了一天。直到有一天，天空又下起了雨来，我推开窗户，风带着雨滴直往我的身上扑，冻得我直起鸡皮疙瘩。雨滴打在我的脸上凉丝丝的，我看着窗户朦胧的一片，每个人都在匆忙地生活着，我抬起了手看着那个十字架，我轻微地动着那只手，十字架便与玻璃相撞发出清脆的声音。我突然在雨中看见了张显，他站在雨中没有打伞，他就那么看着我。我冲着他喊：'张显，张显，我在这里！'可是张显站在下面一动不动，也不回应我。我急匆匆地跑下楼去，我想我一定要让他回来，等我到楼底下的时候，他忽然不见了。我像是发了疯似的问着每一个路人，商店里的人也说没有见到这么一个人。他们一定是说谎，一定是说谎骗我的，明明当时张显就站在那里看着我。之后张显会经常出现，在我吃饭的时候，在我洗澡的时候，在我睡觉的时候，他都会在我的身边，每次在我想去碰触他的时候，他都会突然不见了。你说他到底是不是来过？"我转过头瞪着他，劈头盖脸地问道。

他在旁边擦地板，我们俩就这么静默了一会儿。"很多事都得我们自己干不是吗？即使不愿意你也得做这些事，如果不这样生活又如何有意思？"他忽然说了这么一句话。我陷在沙发里，看着他在擦洗着地板，过了一会儿我便也帮忙擦洗。等我们都干完的时候，他站起身子走向窗户说："你看，天空又红了。"说罢他推开了窗户，天空的远处竟像是一朵盛开着的花，一丝一缕的红色都纠缠在了一起。我抬起手，看着垂着的十字架像是嵌入云中,他转过头看着我:"你在寻找什么?"

"我也不知道,我只是觉得这天空的颜色和张显的头发很像。"我说,然后靠在窗台上,不停地摆动着手让十字架撞击着窗户发出清脆的响声,像每一滴雨打在窗户上。

"走,我带你去我家里。"他拉着我的手去他的家里。他房屋的墙壁上喷满了五颜六色的漆,每一块之间都没有接触,小的只有一个点,大的有半面墙壁之多。他的门上,满是红色的云朵,他说:"天使总在不停地赎罪,上帝让天使俯瞰人间,教堂总会刺破探身的天使。"屋子的天花板上画着黑色的天空和金色的、带着毁灭性的闪电。随后他带着我进他的画室,那一刻我的身心开始颤抖。他画室的墙壁上画着一片沙滩,天空正在下雨,还打着闪电,沙滩上面有着一只布满血丝的眼睛,还有很多红色的贝壳,没有身子的腿在不停地奔走,还有一个十字架立在中间,很多只黑色的、苍老的、布满皱纹的手攀在十字架上。

他蹲坐在那幅画前,沉默不言。"试试看,把你的十字架放在上面。"我按着他说的,把十字架放在他墙壁上的十字架的交叉处,那一刻,我似乎又看见了张显。他变成了那只巨大的布满血丝的眼睛,他站那里对我微笑。我睁大了双眼感到害怕,牙齿像安上了马达抖个不停。我飞奔到自己的家里,途中我看到那片彩色的玻璃,无数的天使仿佛都活了过来,站在那里唱歌。我紧紧地锁上门,我蹲坐在角落里,窗外绯色的光洒在我的屋子里,屋子显得暧昧极了。

那天半夜我从梦中醒来。梦里是个雨天,黑色的天空,紧急的刹车，血红色的雨。我醒来时一身冷汗地坐在床上，看着窗户外面的天空也已经落下了细细的雨丝，一条条线在窗户上滑下，我推开窗，风直往身上扑。夹着雨的风在街道里乱窜，整个世界都开始呈现出一种原始的力量——利刃般的风、银针般的雨还有慌张的人们。忽然我看见了张显站在那个路口的路灯下。街道上的路灯孤独地站立着，它们之间永远存在着那么远的距离，谁也说不清楚它们是如何对望着思念的。可是张显站在路灯下，路灯的灯光把他的身子拉得长长的，雨水打在他的身上，他的衣服贴在身上，他看起来瘦极了，该是每天都在等着我回家吃饭吧。他的头发都被淋湿了，顺着脸颊往下滴水，我的眼眶一下子就红了，我找不到一种言语来表达我那时的心情，我只是想知道为什么他会那么悲伤，他都不抬头看我，就一个人站在一根孤独的路灯下。过了一会儿，他就不见了，路灯还是在那儿。

我加快了呼吸，那时我才知道，即使我身体和他分离了，可是精神上我们永远都在一起。我关上了窗户，顺着墙壁坐了下去，十字架敲了一下地板，发出清脆的声音，雨水顺着窗户滑进了几滴再顺着墙落在我的后背上，感觉凉极了。

我看见了放在了枕头边的一个小纸包，里面包着的是和张显一样长的睫毛。我的心跳一下子就加快了速度。我小心翼翼地走过去，看见张显坐在我的床边，他对着镜子剪下自己的睫毛，然后放在纸包里，等我睁大了眼看他的时候，他已经不见了。我走了过去，闻着纸包里睫毛的味道，的确有着张显的味道，我把这些睫毛放在灯光下看了许久，有弧度的睫毛在灯光下异常地轻盈，我看了好一会儿，窗外雨下个不停。忽然我拿起这些睫毛放进自己的嘴巴里,我吞下这些睫毛,我能感觉得到它们在我身体里慢慢地滑向消化道的轨迹,我能感觉得到张显在我心里的存在,无数人重叠在了一起。

很多时候,人总得找一些东西来替代填满自己的内心。

外面打起了闪电,天空仿若被劈开了,有那么一瞬间街道亮了,可是一会儿又暗了。这时我想起了那个男人,他房屋里的那道闪电,那是永远的光明和利斧,道路在那幅画中永远得到光明的指示,所有的方向在那一刻都是得以指示的,就像是张显说的"上帝永远爱人"。我起身去他的家里。他的房屋没有关门,门是虚掩的,我小心翼翼地推开大门,静悄悄地走进屋子,我站在画室的门口看见他保持着下午的坐姿。他光着上半身,古铜色的肌肤上有一只手在游荡着,另一只手却在不停地、不停地画画,他瞪大了眼睛,眼眶都红了,脸上的表情极其扭曲,五官都纠结到了一块儿。我就站在门口看了他一会儿,直到他抬起了头看见了我。

他看了我一眼,随后就把那只游走在自己身上的手放了下去,他大吼了声:"如果当时也有人看见说声'你在干吗'该有多好呀!"然后他的泪就掉了下来,他又低下头画画。等我进去的时候,他已经坐在地上靠在墙上看着自己的那幅画发呆。他画了一只黑色的张开的手,那只手放在一具男性的胴体上,天空下着雨,男性的身体上滴满了雨,左边是一只流泪的布满血丝的眼睛,右边是一张夸张的咧着嘴笑的嘴巴。

我安静地坐在他的身边，他眼睛看着画上那只黑色的手，然后笑着开始说着下雨的夜晚、那只黑色的手。

"在我高中的时候，有天下雨，教授叫我去他家里，他告诉我一些艺考该注意的事项，然后让我画一个人物。在画画的过程中，我发现教授靠我越来越近，他的气息在我耳边越来越重，他靠在我的肩膀上，下巴在我的颈窝处蹭来蹭去的，我心惊胆战地说：'老师。'他喘着粗气说：'别说话，画你的画，你的监考老师是我的朋友。'我从农村里出来，全家只有我一个孩子，我是他们的希望。你能想象得到一个农村的艺考孩子身上承受的压力有多大吗？我只能靠自己，可是很多时候并不是靠自己就有用的。那天晚上，也是个下雨天，豆大的雨一颗颗地都从天上掉了下来。我觉得有一把生了锈的刀在我身上一块一块地割，上面还带着那种小锯齿，又恶心又变态，可是我还得忍受着。什么事我们不都得自己干吗？之后我过了那次联考。我时常梦见那双在我身上游走的手，我还记得我那次画的是一个掉着泪的少年，周围是一摊水，黑色的，雨水还一直往里面涌，把他的身体越撑越大。"

我像白天他对我那样地抚着他的后背，我们不说话，听着窗外的雨声、彼此的呼吸声还有回忆声。每一幅画都像是有了生命，每一滴颜料都变成了绳子在房间里缠绕着，绕成了一个紧压压的球状物体，而我们坐在中间，黑色的手、眼泪、张显都在这个球外。过了一会儿他站了起来，走到窗户边推开窗户。"又起水汽了。"他说。我跟着站在了旁边，远处白色的雾开始聚集，黑白相接分明，虚无缥缈间仿若回到原始时代，出现了无限的符号，十字架挂满树枝，我忽然看见父亲的样子刻满每一棵树，我一晃神以为那是张显，不断上升的螺旋底下裂开的口子在缓慢地下沉，一切在彩色的玻璃的照耀下得到重生，可是在那天晚上之后，彩色玻璃被十字架砸碎，飞速地旋转到另一个世界上去。

"过一会儿我们眼前也都是雾气了。"我笑着说。

他推开那些挡在他眼前的画，然后点了根烟，火红色的燃着火星的烟头随着他的手动，烟雾萦绕在我们的身边，我觉得呛极了，站在窗户边，五颜六色的房间，橙黄色的公路，还有黑色的天空，这时我又看见了张显。

"你在别人家干吗？"

"你还不快回去？"

"你是不是觉得脱离了我，觉得自由了？"

张显一声又一声地质问着我，他的声音在我的脑袋里不断地回响着，我觉得头疼极了，整个脑子在不停地发涨，咚咚咚地响，我使劲儿扇了自己一个嘴巴，清脆的响声在下雨声中异常响亮，声音慢慢地隐到了厚厚的水雾中去了。

之后我便和他在一起了。

或许是都累了，或许是来自抚慰式的需要，我们倒也过得融洽。雨天他不停地画画，我不停地做梦，我们总被雨天折磨得体无完肤，可是我们都想好好地活下去，因为唯有这样才能使我们在一个更好的程度上把雨天所带来的恐惧转化为力量。

过了没多久，我带着他回家见我母亲。母亲见我的第一眼便说我瘦了，我点了点头，捋了捋母亲的头发，我应该是有很久没有见到我的母亲了。

在吃饭的时候，母亲突然说："你终于找人谈了，妈妈也放心了，之前还担心你呢！"

这时他抬起头惊愕地看着我，又看了看母亲，他说："阿姨，之前晴儿不是和张显谈吗？"

"张显？"母亲张大嘴抬起头望向我。

"妈妈，你忘了吗？张显呀！那时我不是还带回来给你看了？你不是很喜欢他吗？我们当时不是都快要结婚了吗？"我奇怪地问着母亲。

这时我注意到母亲的脸色变得很难看，她看了看我，又看了看他，最后低下了头说："吃饭吧。"我们三个就再也没有谁说过话了。在母亲洗碗的时候，母亲把他叫了进去，我站在门口听见母亲和他说："晴儿在她父亲发生车祸之后就会时不时地出现幻觉，她从来就没有谈过恋爱，可是她始终都在臆想着一个和她父亲差不多的男的——也就是那个张显和她一起谈恋爱、照顾她。"后面母亲再说什么我没听见，我突然觉得头皮发麻，感觉有什么东西在崩裂。我冲进厨房，朝着她吼着："你们骗人！我没有出现幻觉，我没有！"

"晴儿。"母亲轻声地唤着。

"你看，这就是张显给我的手链，你们看到没？"说着我抬起手把十字架给他们看。

"那是你爸爸给你留的呀。"母亲流下泪来了。

我的心被重重地一击，我的脑袋里跑过很多个画面：同学们把我挤在角落里，他们指着我的头骂我没有爸爸，是个野孩子；我站在校门口看着每一个接孩子回去的父亲，而我只能一个人回去。"你们说谎，你们都是骗子！"说着我就跑了出去，那一次在母亲家吃饭就这么以他们都以为张显是我自己出现的幻觉而结束。他们竟然会觉得张显这个人是虚构的，我突然替张显觉得委屈。

他在背后抓住了我，我转过身来。"你相信张显真的存在吗？"我说。

他撇过头去，看着远处的地方，不说话。他没有睫毛的眼睛就像是脱去了衣服的胴体。我用力地扳过他的头。"你相不相信？"我又重复了一遍。

"我信你。"他凑过脸来，然后一只手插在口袋里，另一手搭在我的肩上回家去。

那一天半夜他把我摇醒。醒来时我的脑袋一片昏沉，我在梦中流泪，那样的梦我是做了许多次的，每一次都是完整地做完，然后我醒来擦掉自己的眼泪和汗，蹲坐在地上双手环住自己，可是这一次却做到一半就被人摇醒。"你干吗？"我愤怒地朝他吼道。"你在梦中一直喊着，爸爸，爸爸……"他的话还没说完我就全身变得僵硬了起来。我看着他眼睛里的我，我开始回想起自己在梦里到底梦见了什么，之前我从来没有回想过，只是每次醒来都是泪眼婆娑。

很多次我都分不清我做的梦是梦还是我的回忆。梦里，父亲和母亲不停地争吵，他们拍桌怒吼，满屋的碎东西，一片狼藉，这变成了我童年往往回忆起来最为壮观的场面，都是声音。有一天下雨的夜里，父亲和母亲吵架，父亲夺门而出，母亲坐在床上盯着某处默默地流泪。到了后来家里来了电话，母亲拉着我往外面跑去。我们打了一把伞，雨水依旧顺着衣服往下流，父亲四肢展开地躺在地上，周围是黑压压的人群还有警车的鸣笛声，父亲身后的车灯，血红色的水，母亲哭号着扑到父亲的身上，父亲却无动于衷，一动不动地，一把伞被母亲扔在了路边。我盯着这样的画面，心在不停地往下沉，我能感觉得到有什么东西会在我以后的生活中发生改变。后来，我时常看着母亲一个人默默地做完所有的事，家中再也没有出现过父亲的声音，也没有父亲打母亲的场面。我不知道为何心里极其想念那个场景，起码那时父亲还在吧。这就是那个我时常做的梦。

"怎么了？"他推了推我。

我重新躺下，我知道很多事总是潜藏在心里的，是不足以说出来的。"睡觉吧。"我把灯关了，屋子又陷入了黑暗中。

我以为日子可以这样过下去，就像是每个下雨的夜晚我们可以各自做着自己的事情，我和他说张显，他在旁边不停地画画。可是有一天我发现他不见了。

我像以前在家里等着张显一样地等着他回来，可是他并没有回来，我去他的屋子，他的房屋里所有东西都搬走了，而这一切竟然在我毫不知情的情况下发生了。我觉得像是突然被抛弃了一样，我想起了最后一晚我们在一起的时候，我说："我还记得我留在那座城市的最后一天是去了教堂。我去寻找上帝。张显是个虔诚的教徒，教父说上帝爱每一个人，我痛苦极了，我想去找上帝解脱。等我到达郊区的教堂时已是傍晚，教堂尖锐的顶端把天空刺破了，伤口绯色一片，整个天空血丝丝的。我进去了教堂，教堂里面安了很多像我们楼道里的彩色玻璃，我坐在那里看着十字架上的上帝，我越看越迷茫，手里紧紧地拽着我的手链，十字架冰凉的气息从我手腕处传入我的身体里，后来越来越多的人来了，他们做礼拜，他们唱圣歌，'哈利路亚'，每一句歌词都像是从远处天空飘来，淅淅沥沥的又仿若雨丝一般。我最终是忍不住了，我仿佛看见张显也在里面唱着圣歌。我始终和他在一起。当天晚上我就收拾了东西，逃离了那个城市。每一场雨都是一场战斗，而我在里面变得体无完肤，雨水在身体里流淌着融为了血液，在每一个梦里幻化成张显。我像是一个逃兵，带着十字架匆匆逃离。"

可是谁也没想到的是，在我说完我在那个城市最后的回忆的时候，他也不见了。

可笑的是，我还在家里苦苦地等着。我像每一个夜晚等待张显一样地蹲在角落里，我拉上窗帘，整个房间昏暗一片，我不知道白天，不知道黑夜，没有时间的观念，我的情感、我的脑袋每一分一秒都在静静地等待着。

世上的所有事都不是像人们所说的那样，人们在规定了痕迹之后却有了另一条轨道。突然有一天，我听见有什么东西在敲打着窗户，

下雨的眼睛

我心一惊起身拉开窗帘，整扇玻璃上都是水，豆大的雨滴在玻璃上汇聚成了一条条小河，一直滑落到地面。

我站在窗户里面看着窗外的世界，人们慌慌张张地急着避雨，这时我突然看见他站在街角的路灯下，我欣喜地打开门，在楼道里我抬起头看了一眼那彩色玻璃，似乎又听见了那一天的圣歌。他回来找我了。我欢呼雀跃得像个孩子，他的睫毛在我的身体里不停地游荡着。等我到了楼下时，他却不见了。我跑进雨中，路灯下空空的没有一个人。我眼眶胀得难受地往前看，衣服淋湿了贴着身子。

"小心别感冒了。"张显的声音在我耳边响起，"你爱上他了。"

我转过身看见张显站在我的身边，他紧紧地抱着我，可是我抱紧他的时候，我一个趔趄摔倒了。手链忽然断了线，珠子一颗颗地都逃走了，我听见了它们清脆的声音，十字架掉在了公路中间，我呆呆地看着那个十字架。

"晴儿从小就出现幻觉。"

"你就是野孩子。你没有爸爸。"

"张显是和她父亲差不多的男的。"

我的耳朵里不停地响起这些话语。突然我看见有一个小女孩站在我的面前，她呆呆地看着每一个接孩子回去的父亲，自己却一个人站在雨中，她全身都被雨水浇透了，衣服一滴滴地往下淌水，冷得直打战。

我绝望地抬起头，雨水一滴滴地从我眼眶里溢出，我手里紧紧地拽着捡回来的十字架。

时光记

我难过地抬手擦拭眼睛。"她是我一个人的月季。"我小声地嘟囔着。这时她用力一跳,花盆掉在地上,枝干从中间断开了。我捡起那枝月季。她的花瓣上满是水。

一

我第一次见到那个蓝色的小人儿是在一个晚上。

我早早地和我的月季花说了晚安之后就关了灯爬上床。屋子里黑漆漆的一片。我看向窗外，星星在天空中挽着镶着亮片的长裙在掩面跳舞。我想，我要是也能拥有一颗星星该有多好。也许那时我还能跟祖父讲讲我现在的生活。想到这儿的时候，我赤着脚起来，在银白色的、像是牛乳一样的月光中起舞。我陶醉在这样的场景中，月季花似乎也在笑着看我。就是在这个时候，我听见了一个从未听见过的声音，咕咚，咕咚，像是血在身体里奔腾。

我停住了舞步，半弯着腰，眯着眼睛警惕地看向四周，窸窸窣窣的恐怖之声像是要从地板缝里钻出来，那种感觉仿若回到了以前房间墙壁上满是霉污的时候，它们交头接耳窃窃私语，就像是在计划着一个不可告人的阴谋。

这时我瞥见了我的月季花枝干上的刺。"花花，你能借我一根刺吗？"我移步到我的月季花前。

"不行。"她摇了摇头，"我为什么要把刺给你？"

"因为我现在很危险，"我说，"我需要刺来寻找声音，保护自己。"我的声音真挚而又诚恳，言语里满是渴望，我觉得她会帮我。

"我也要刺来保护自己。"她转过身子，背对着我。

"花花。"我低声地叫唤着。她依然没有转过身来。我的泪一下子就下来了，我难过地擦了下眼睛说："你都不帮我，我们还是朋友吗？"我试图做最后的努力。

她依旧没有理我。

"我讨厌你。"我说。这种与我臆想中的反应的巨大反差让我心里变得异常地难受。我看见她的身体颤了一下。借着微弱的月光，我走出房间去寻找声音的发源地。声音是从厨房里发出来的。我轻声地走进去，忽然有什么东西"呼"的一声不见了。我站在水管前仔细聆听，是水管里的水在上上下下发出声音。我趴在水管上，冰冷的气息经过我的面部神经让我猛地一抖，我长长地舒了口气。这时我看见水管上有一些铜褐色的东西附着在表面，像是蜗牛爬过地面留下黏液一般。

事情并没有这么简单。风在窗户的外面刮得呼呼响，像是丢了玩具的孩童，利用眼泪和人类怜悯的心来乞讨爱怜。

风越来越大，这使我想起了我卧室里的窗户还没有关，花花一定会觉得冷极了，即使她刚才让我觉得难过，可是她是我的花儿。我快步地走回屋子里，果然我看见花花在风中瑟瑟发抖。我装作很冷的样子过去关上了窗户，嘴里嘟囔了句："真是冷死我了。"

这次我并没有对我的月季说声晚安就去睡觉了。我并不是生气，我只是不明白为什么她在这种情况下不肯帮我。尽管如此，我的脑袋里还是一直回响着水管里的声音，咕咚，咕咚。在这声音的伴随下，很快我就睡着了。

第二天，我是被花花故意弄出的声音给吵醒的。我睁开眼睛看着她在桌子上转来转去的。

窗外一片阳光。我知道她应该是在提醒我该把她抱出去晒阳光了。她是个喜欢阳光的女孩儿。我懒洋洋地起床然后慢吞吞地走到她的面前，在把她放在阳光里的时候，她嘟囔了句："真是个懒汉。"声音娇嗔而清脆。

我并没有理会她，我转身准备离开的时候，她在后面叫住我："等等，你还没有给我浇水呢！"

我停顿了一会儿说："你凭什么让我给你浇水？"

她娇嗔着说道："因为我是你的花儿。"

我讥笑着说道："你是我的花儿吗？"

我双手抱在胸前等着她的回答，她却沉默了。她低下头，过了好一会儿，她的身子就颤抖了起来。"我不是你的花儿。"她抬起头看着我说。

我忽然想起多少个午后，她在晒太阳，我在看书。有风吹来，她身上香香的味道轻轻地拂过我的脸颊。可是她昨晚并没有帮助我，想到这儿的时候，我的心里就像是积了一团气一般，我以为我每天搬她去晒太阳,给她浇水,无论我要求什么,她都会满足我。后来我才知道,原来一直以来我都是个希望付出就会有同等回报的人。可是事实并不如此。我拿着桌子上的一壶水气急败坏地给她浇水,水把她身子都打湿了,但她依然仰起头瞪着我。

"满意了吗?"我说。

她没有搭理我,只是转过头去。过了好一会儿她才问我:"我真是你养的花吗?"

我愣住了。

二

在我还没养月季之前,我的屋子里空荡荡的。

屋子里只有我一个人,陪伴着我的只有空气里的微尘。阳光中的他们轻轻地落在我的肩膀上,在我耳边轻声说句"这屋子好冷呀",然后又跳下我的肩膀,寻找其他的微尘,一群又一群,成群结队的。

那一段时间,外面断断续续地下着雨。我透过玻璃看着屋子外的世界模糊一片。无数的雨滴打在窗户上汇集成条不断地往下流。我站在空荡荡的屋子里,窗外的雨滴在空中,在窗户的玻璃上,在街上的砖石上,他们叽叽喳喳地说话,声音欢呼雀跃,像是新生儿一般,洋溢着春天的气息。那些气息就像是一股洪流一样地往我耳朵里灌,在我身体里四处游荡，他们快乐地唱着歌，歌曲在我的心中、在房间里不停地回响，每一声都像是鼓槌敲打着鼓，咚咚，咚，咚。

没过多久，房间里的墙角就出现了一块一块的黑色的霉污块。我是在一个午后看见的，他们像是雨后春笋一样地冒了出来。起初还是一小块一小块地各自分布在不同的地方，形状不规则，像是有一匹野马在夜里踏墙呼啸而过；没过多久我就发现他们连接在了一起，就像是贴着墙长大的植物，窃窃私语。

每天夜里借着微弱的月光，我都能听见他们相互交耳嬉闹，声音很小，可是在偌大的空间里一直不停地回响着。紧接着他们就开始争吵，我瞪大了眼睛看，有一块霉污偷偷地离开了自己原来的位置去撞击另一端的霉污，随即又回到自己的位置，他站在这一端看着另一端吵架，如此反复。我觉得惶恐至极，难不成，这些黑色的东西到处都是？

有一次半夜我梦见了我的祖父，他的眼角有着泪痕。他为什么哭泣？我止不住地在梦中颤抖，然后便从梦中惊醒。我像只兔子坐在床上，看着墙壁上的他们跑闹嬉戏，心里就像是一个无底洞，一直在不停地下沉。

那个时候我没有什么朋友。他们都不和我玩，他们觉得我是个怪胎，我便被排挤在外。他们扎堆地聊天，我试图挤进去，我以为我能和他们打成一片，我也能像他们一样地勾肩搭背，每天有说不尽的话、玩不完的活动。我带着这样的想法挤进去。其实一切都不是这样的，在我还没踏进脚的时候，我就被推了出来。于是我开始和女生一起玩，有一次她们在讲笑话,还没讲完我便开始哈哈大笑。我以为越是用力地笑就越能说明她们说的笑话有多么好笑,她们就会觉得开心。可是她们很奇怪地看着我,然后不约而同地迅速避开我,留我在原地傻笑。我与世界是那么格格不入。

那段时间我总觉得世界是灰白一片的,所有女生都穿着灰色的衣服,我一个人回家的时候,偶尔转过头去都会被自己的影子吓一跳。路灯把我的影子拉得长又长,周边都是关了门的商店,没有一点儿生机。整条街上只有我一个人,偶有汽车驶过,就像是一匹脱了缰绳的野兽,疯狂地撕扯着风而可以不理会世人,那是一个小小的世界。

我也总是沉浸在自己小小的世界中。

那段时间我总是梦见自己在一条笔直的、望不见头的马路上行走。有灰色的、掉了叶的树木,没有房子,只有土地。每天我都在这条马路上往前走,好像永不知疲倦。日复一日,一样的路线,一样的风景,一样的心境。每天都过得乏味极了。每次从梦中醒来,我也是做着同样的事,沿着同样的路线去学校,坐同样的位置,遇见重复的人。尽管如此,我对着人还是惶恐。其实并不是对人感到惶恐,只是对于人之间的那种关系感到惊慌。

"喂,你们能和我做朋友吗?"

像是一滴水掉入油锅沸腾了起来,他们互相笑着说道:"哈哈,他想和我们做朋友。""哈哈。不行,你看他长得那么丑,还穿着睡衣。""我觉得他蛮好玩的。"

他们旁若无人地争吵着,讨论的问题是我能不能和他们做朋友。

我的表情僵在了脸上。他们就像阿森。

"好吧，就让你当我们的朋友好了。"

那段时间，感觉屋子里总是湿漉漉的。

每天一放学回家我就冲进屋子，蹲坐在地板上看着他们说话。很多时候我接话，他们并不回应我，只是看了我一眼就继续他们的话题。他们时不时地还会开我玩笑，例如说我长得丑，脸上还有雀斑，像被墨汁喷了一样；我的鼻子那么大，就像是猪鼻子一样。我觉得他们就像是一群无知而又浑身上下满是优越感的人，我不知道他们的优越感从何而来。尽管我这样认为，可是有时我还会附和他们，因为除了他们我别无朋友，起码我也在他们讨论的圈子里。

这种懦弱而又卑微的特质后来在我的身上体现得愈加明显。我不知道我的祖父看到这样的我会不会流泪。

直到有一天，太阳大放光芒。他们说："喂，麻子，给我们浇浇水，太干了。"我愣在原地，就给他们浇水。如此反复我便烦了，到最后我眼白一翻。我像是无师自通般地明白了什么。果然黑色的东西到处都有。

"我说，你叫我什么？"

"麻子。"他们叽叽喳喳地讥笑我。

"你们再叫一遍试试？"我咬着牙，斜着眼看他们。

"原来人都是一样的呀。"他们又开始展开了讨论，"我就说当时不该让他进来，你看，知道他的真面目了吗？"

最后他们是妥协着带着笑地恭恭敬敬地叫我名字。我笑了，笑容僵住了。

没有人知道我的孤独,没有人知道我对他们的失望。

直到有一天,母亲请来了粉刷匠重新粉刷了墙壁。那些黑色的霉污都不见了。白色的墙壁焕然一新,那些带有霉污的夜晚就像是一场梦一样。我陷入了白色的床单中,望着天花板,眼睛变得酸涩难耐。

屋子里又剩下我一个人了。

人生如梦。戏如人生。

三

再早一些的时候,那些雨天还不见踪影的时候,世界于我而言依旧是令我心抖的时候,我还不知道阿森骂我的时候,我的脑袋里装满了奇怪的想法的时候,我的祖父走了。我坐在祖父的摇椅上,太阳暖洋洋的,像是一层被子铺在了我的身上。

祖父在我的印象里一直是个沉默寡言的人。对于家庭的一些琐事、家人的一些争吵,他总是冷眼看着,适时的时候笑一笑,感觉很努力。就是因为这样的一种平淡、无奈而又意味深长的笑,在很长的一段时间内,我将我的祖父视为精神上的知己,因为我总感觉他的那种笑与我的心境有着不言而喻的契合。

在更早些的时候,祖父还喜欢种树——有墨绿色的、远远望去就像是一团云的槐树,有八月就在树上开满一小簇一小簇像是红灯笼一样花朵的丹桂,有四季常青像是永不衰老的榕树。奶奶时常抱怨:"别人家的后院都是种些蔬菜什么的,你偏偏用来种树。"言语之间满是埋怨。祖父只是笑笑。

祖父的摇椅放在门口。每逢午后,祖父便拿着一把蒲叶扇坐在摇椅上轻微地摇晃着,或是站在树下像抚摸孩子一般地摩挲着那些粗壮的树干。褐色的、干枯的、轻微颤抖的手,褐色的、干枯的、庞然的、不动的树干,我时常透过窗户就看见这样的场景。

在我读高二那年,祖父因病住院。白色的病房,白色的床单,还有穿着白色上面有着蓝色条纹的衣服的祖父。没有休止的治疗,没有呐喊的生命,没有生机的灵魂,一切都寂然至极。祖父看起来安静极了。当时我并不知道那是一种什么样的病,我以为过一段时间我就可以不用往医院里送汤了。

没过多久祖父就转院了。家人更加频繁地聚在病房内与祖父聊天。"以后你们就把后院的那些大树拿去卖了吧。"祖父冷不丁地冒出了这么句话,所有的人都愣了一下,然后细细碎碎的声音就响了起来——有抓衣角的,有整理衣服的,有抬头使劲眨眼睛的,也有静静流泪的。我坐在角落里看着,祖父对着他们笑了笑,表情僵硬而且扭曲。

祖父在医院里越变越瘦,每隔一天见到祖父我都会使劲地眨下眼睛,心里戚戚然。一切似乎都不该是这样的。在一天傍晚,窗外的天边的灰蒙蒙的。我和祖父说到了阿森。阿森是我最好的朋友,可是有一天我躲在门后听见他和别人说我是个蠢货,他是看我可怜才勉强和我一起玩的。尽管这样，那天放学回家我依旧等他，即使他也经常取笑我。"爷爷，你说我是不是真是个蠢货呀？为什么都没人喜欢我？"说完我就哈哈地大声笑了起来，企图用笑声掩盖住自己内心的恐慌。

这时祖父坐了起来。他张开双臂抱住我。他的身子在轻微地颤抖着，我能感受到他身上的那种专属于病人的味道，说不清楚，只是祖父身上的那种味道把我的心紧紧地拴住。他一定不肯承认，他的孙子是一个内心卑微懦弱的人。

后来我真不用再去送汤了。

祖父走的那天，他几次抬起手想要摸我的头都没有成功。那时，他已经很瘦了，脸上满是倦怠之态，全身的肉在时间的痛苦中消损殆尽，只剩下骨架和血管在无形地构架着干枯虚弱的生命。

直到今天，祖父的那些大树依旧存在。祖母时常站在树底下，望着它们。那些树需要祖父，祖父不在了，它们便需要祖母了。

有时候我就在想死到底是什么。人一旦死去，所有的痕迹都在火里变成青烟升于空中。星星在天上跳舞，灵魂在青烟中遁于无形。我渐渐地对生死这件事感到心慌。阴阳两界，阴郁之气萦萦不散，可是那些爱却依旧缠绕在我们的周边，不过是换了一种形式。

我坐在祖父的摇椅上，太阳暖洋洋的，像是一层被子盖在身上。忽然我看见祖父站在树下，轻轻地摩挲着那些树干。我轻声地唤了声"爷爷"。他慢慢地转过头来看着我。

我委屈地哭了，发出嘤嘤之声。

时光记

四

我的月季死去已有42天了,我却始终有一种错觉。

每天醒来的第一件事就是把我的月季端到阳光处,给她晒太阳。有时候我故意不给她浇水,站在她的跟前,我以为她会再娇嗔地和我讲话,可是没有。阳光下她从中间折断的身体只在土里冒出一小截干枯的枝干。

"我们在一起晒太阳了欸。"我对花花说,我对自己说。

有一天我经过花店的时候,玻璃橱窗内有一大簇的月季。我走进花店仔细地观察着她们,可她们长得一点都不像我的月季。

一个年轻的扎着马尾辫的姑娘走过来笑着对我说:"要买月季吗?"

我摇了摇头,然后说:"我曾经养过月季。她叫花花,她是独一无二的。"

于是,那个下午我和她说了我和一棵月季花的故事。

她说:"我好喜欢你呀。"

六月份的一天,我发现阳光下的月季那幽绿的嫩芽长了一个巨大的花蕾。我好奇地摸着那个花蕾,这时她娇嗔地叫了起来:"你不要碰我。"

我被她突然的叫声吓得赶紧收回了手。但是我站在一旁依然难以掩饰喜悦。我兴奋地凝视着那个花蕾,幻想着那会是一朵多么美丽的花朵。

"哎呀，你手上怎么画着那么多黑色的鱼呀？"她看见我手指上画的图纹问道。

我摇了摇头："那不是鱼。"

"你能拿近点让我看看吗？"她摇晃着身子说着。

我把手凑近她。她弯下腰，在花蕾快要碰触到我的手指的时候她停住了。"哎呀，这些不就是鱼吗？怎么可能不是鱼？"她声音娇滴滴地说着。

"你见过鱼？"我歪着头问她。

"我怎么没见过？"她的语速快了起来，"我以前——"这时她停住了话语，紧接着就说："反正我就是见过。"

"不是，这些只是我自己随便画的线条。"

"那这些线条是什么呀？"她反问着我。

"线条是桎梏，是罪恶，是扭曲的灵魂，是黑色的花朵。"说完这些话我就开始来回搓着这些图案。

她一下子挺直了身子，沉默不语。过了一会儿她低声地说着："我把我的水分你一点吧，那样子会擦得比较干净。"我看着她点了点头，我拿着给她浇花的水倒了一点到我的手上，很快那些黑色的图纹变成了黑色的水从我的手指间流下。

"你这些就是鱼！"她思考了一会儿又重复了一遍。

我无奈地点了点头。

在我转身离开的时候，我的月季，她在背后说："你要记住了，我是一朵红色的花朵。"

时光记

我停住了脚步,心里忽然觉得很感动。

夜里,我跟我的月季说完晚安上床睡觉。月光中的她形单影只,影子就像是我手上的图纹,缠绕着她的根部。"花花,"我说,"我再给你找几株月季来,你觉得如何?"

"她们是什么呀?"她问。

我思索了一会儿不知道该怎么回答她的问题,于是我就说:"那是和你一样的花朵。"

她并没有搭腔。月光中,她慢慢地垂下了头,巨大的花蕾就像是一滴泪。她摇晃了两下身子,抬起头,很快就又低下头。

"你怎么了?"我说。

她依旧没有答话。过了一会儿,她扬起头看着我尖叫着:"你什么都不懂!"

我被她这突如其来的尖叫吓到了。我赶紧下床蹲在她的旁边:"我错了,我说错话了。"我并不想让我的月季伤心。

她并没有搭理我。

第二天我给她浇水的时候,我以为她还在生气,就没敢和她说话。

"你要是又种了很多的花,那些花和我是什么关系?"忽然我的月季问我。

"算是朋友吧。"我说。

她顿了一会儿:"我不需要朋友。"随即又仰起头问我:"你是不是有很多的朋友呀?"

我愣住了，然后哈哈笑着说："我当然也有很多的朋友。"

我的月季抬起头凝视着我，不说话。她的花蕾就像是一只巨大的眼睛，仿若看出了我内心的恐慌和孤寂。于是我越说越大声："阿森是我最好的朋友，张田和李帆和我也玩得很好，他们经常和我一起回来，他们……"我开始编着各种谎话，越说越大声，企图遮掩我内心的不安。风慢慢地从窗外闯了进来。忽然她低沉地说了句："够了。"

我的内心震惊了一下，好像是多年来那个卑微懦弱的自己被她看到了，她不过是一朵花，她凭什么看到这样的我？我的额头冒出一些细密的汗，可是我的月季并没有看出来这时我的内心里有多么恐慌，我就像是被扔进了地狱，铁床、铜柱轮番出现，我苦苦挣扎亦无济于事。

她自以为自己懂得一切。"你根本就是在说谎。"她继续说着。

忽然我的脑袋嘣的一声，就像是断了弦的二胡，余声在空气里凄凄地响着，像是孩童之哭。我像是疯了一样地大声地吼道："你懂什么？你什么都不懂！"

我的月季很明显地被吓到了。她低声地说："对不起。"

是什么能让我傲气的月季低下头？是什么话语能让我心里就像是缺了一个口，风呼呼地往里涌？小孩的哭声在我的胸腔里回荡着。我疯狂地抓着自己的头发，我觉得我的世界变得混乱一片，忽然有声音从远处远远地传来，像是圣洁的鸽子从教堂边飞起，翅膀扑棱扑棱的声音变成轮番弹奏的音乐在我的世界响起，一下又一下地抚平我的不安。

"你还有我呀，我是你的朋友，我一直在你的身边。"我的月季她娇滴滴地说着。

五

接下来的日子我一天天地都在期盼着我的月季开花。她一点一点地绽放,一瓣一瓣的花瓣舒展开来。"花花,你什么时候完全开花呀?""花花,你什么时候完全开花呀?"我一遍一遍不厌其烦地问着。

她说:"我还没有长大,等我长大了,我就开花了。"

"可是你什么时候长大呀?"我说。

"等我打扮好了,我就长大了。"她的言语里面满是傲气和自豪。

终于有一天,正好是在我把我的月季搬到太阳处的时候,她一下子全都舒展开来了。"我终于长大了。"她说。

我连忙放下她,蹲下身子看着我的月季。红色的花瓣像是深夜里的明珠,魅惑的光芒在汁液里流动。每一瓣花瓣都是中世纪的铜版画,鲜艳的身体散发着永远的芳香。"你真漂亮。"我难以抑制自己的赞美和感叹。

"我说过了,我是一朵最美的花朵。"她轻轻地摇晃着身子,让每一瓣花瓣都得到充分的阳光。"快给我浇水,渴死我了。"随后她又说,"你要注意看,不要让小虫子偷偷跑到我的身上。"

我拿着瓶子兴奋地跑去接水,每一滴水都融进了我的开心。

"要是我的祖父看到你,那他一定会很开心的。"我趴在我的月季旁边说。

"你的祖父是谁呀?"我的月季天真地问着。

"他是一个头发花白的老人,他爱种树,绿色的叶子,红色的花,褐色的树干，这些都是他掌心里的魔法。他知道我在想什么，他是这个世界上唯一了解我的人。不过后来他离开我了。"我说。

我的月季又低下了头。

"你怎么了？"我说。

"没有。"她抬起了头，"他一定是个很慈祥的人。"

我点了点头。"你真漂亮。"我又一次夸赞她。

"那你喜欢我吗？"我的月季又一次娇滴滴地问着我。

我说："我当然喜欢你呀。"

我的月季说："我也很喜欢你。"说完她又开始摇晃着自己的身子。

就在这一天夜里，在我和我的月季说完晚安之后，我躺在床上又一次地听见了厨房里有着一种奇怪的声音，咕咚，咕咚，咕咚。

我悄悄地跑到我的月季旁边，然后警惕地看着四周，周围的阴影就像是那些黑色的霉污，讽刺和阴谋在无声地织网。我的心不住地颤抖。"你听见什么声音了吗？"我说。

"嗯。"我的月季说，"你害怕吗？"

我看了看她，然后点了点头。

我的月季说："靠近我点儿。"

"干吗？"我说。

"我想亲亲你。"我的月季羞答答地说着。

我把脸凑了过去，紧接着我就闻到了一股香味。我的心一下子跳得很快。忽然我的月季问我："要是有一天，我也走了，你会不会在很久之后还会记着我？"

"我也不知道。"我说。我的月季低下了头。我用双手环住我的月季，把她抱在我的怀中。

"把我的刺拿去吧。"她说。

"你不是不肯给我吗？"我把我的月季放在桌子上。

"那时我还没有开花，我想开次花，再把刺给你。"我的月季带着喘息声说。

"你把刺留着保护自己吧，你有这么漂亮的花。"我抚摸着她的花朵说着。

"拿着我的刺吧，这样子以后你就不会害怕了。"我的月季低声地说着。

我一愣，仿佛那个娇嗔傲气的月季不见了。"你为什么对我这么好？"

"因为所有人都在我的眼里，只有你在我的心里。"我的月季抬起头，她的花瓣在空中使劲地抖动着："因为我是你一个人的花儿呀！"

我也抬起头使劲地眨着眼睛。

"我以后再也见不到你了。"她的身子颤抖得越来越厉害，"可是我好喜欢你呀。"说完，我的月季就哭了。水一滴滴地掉在桌子上，滴答，滴答。

我难过地抬手擦拭眼睛。"她是我一个人的月季。"我小声地嘟囔着。这时她用力一跳，花盆掉在地上，枝干从中间断开了。我捡起那枝月季。她的花瓣上满是水。

我的泪掉了下来："我也好喜欢你呀。"她再也不说话了。

厨房里的声音不见了。

那一天晚上,我抱着我的月季在地上睡着了。第二天醒来的时候,我的月季花朵已经不见了,只剩下那个带刺的枝干留在我的手中。我把地上的花盆捡了起来,把它放在了阳光下,我的月季只露出一小截光秃秃的枝干,她再也不会娇嗔地说话了。

第二天晚上,我又听见了厨房里的声音,咕咚,咕咚,咕咚。

我带着我的月季给我的刺走到了厨房,我看见有个小人站在水管上跳舞。他有着长长的鼻子、尖尖的额头,还有两只大大的眼睛。

"你是谁?"

这时他抬起头看着我说:"我是时间。"

在我和希子分别的第二天，我又去那个十字路口等她。我觉得她会出现，我希望她会出现，我臆想着她会出现，可是一直等到天都黑了她也没有出现在十字路口。

一

"我们明天就在一起吧！"希子站在公路的对面用手做成喇叭的形状朝我喊道。

我不知道当时的我是一种什么样的表情。我时时刻刻地准备着和希子在一起，可是我又恐惧于两人在一起，仿若就会有什么事牵绊着我。车辆从马路上碾过去，最初我还能在每辆车之间的间隙看到她，我满心憧憬地站在原地等着绿灯。我要再过去见她一面，我要跟她说再缓缓。

绿灯亮的时候，她已经不见了。四周都是等着红灯的汽车，一辆紧挨着一辆。我将手掌心放在裤袋两边用力地蹭。

我走回家的时候已经是黄昏了。整个世界变得绯色一片，绯色的云、绯色的天空，还有每一个绯色的人。我倚靠在窗户边，街道上的每一个行人身上都披着即将落下的太阳。这时我突然想起那首歌：

我在每一个黄昏遇见你

你穿着月亮的衣服

唱着云朵的歌

我在你背后

为你着迷

你才是这世界里的太阳

我不希望你落下

　　那首歌大概就是这么唱的。我初次听到这首歌是在一个酒吧里，摇头灯转动最后停在了驻场歌手的身上。那是一个菲律宾女人，她脖子上带着一条由很多圆环相互扣搭着串起来的项链，最中间的那个圆环垂到了她的胸部中间，随着她唱歌时身体轻微的晃动而摆动着。我能听见那些圆环相互撞击的声音。她的声音沙哑低沉，在酒吧里晃荡着。和我在一起的是我的女友静初。静初也注视着那个女的，她说："你看没看见那个女人脖子上圆环的那些花纹？"我看了半天，也只看到声音包裹在项链上，慢慢地涂上颜色。

　　"我也好想要一串那样的项链。"静初说。

　　我点点头，把手搭在她的脖颈上，用手指在她的脖子上画了一个圆圈。

　　"你这算是锁吗？"说完，她自个儿就咯咯地笑着。静初的眼睛很大，大得你足够在她的眼睛里看到自己的眼睛。我俯过去，亲了下她的眼睛。我觉得这是一件很浪漫的事——在她最柔弱的地方有着我的舔舐。

"你脑子里在想天天吗？"她忽然在我耳边说道，然后咬了下我的耳垂。

我没有接话，坐回自己的位子继续听着那个女人唱歌。

座位底下我们的手分开了。

二

天天和静初是很好的朋友。天天是个很有韵味的女人。她的穿衣风格、说话吸烟的动作，甚至走路的姿势都有很强的辨识性。她的眼睛也很大，嘴唇一年四季红润，仿若是一朵玫瑰，却不带刺儿。她经常画着烟熏妆，棕色的披肩长发，穿着波西米亚风格的裙子，手上戴着很多串珠子，这样的女的怎能不让人动心呢？

有一段时间我和她厮混在了一起。我们三个一起出去吃饭的时候，我和天天总能彼此心照不宣地做很多事，例如饭桌下互相碰触脚踝，彼此摸着对方的手。这些都是在静初不知道的条件下进行的，因为在静初眼里，天天和我是八竿子都打不到一块儿去的，可是感情这种事又有谁能想得到呢？

在一个很热的下午，天天在我家里抱着我，她说："都已经是夏天了，你窗外的这棵树应该是最绿的时候了。"我点点头，空调的冷风在我们的头顶上盘旋。天天趴在窗户上，隔着浅蓝色的玻璃摸着窗户外的那些绿色的树叶，有根枝条紧紧地顶着窗户玻璃。我从厨房拿出冰水递给天天，她拧开瓶盖咕噜咕噜地喝，我能听得见水在她身体里流动的声音。我走上前去从后面搂住她。她的发香挑逗得我兴奋起来，我小心翼翼地脱去她的衣服，然后和她拥吻。等我把埋在她颈间的头抬起来的时候，静初拎着东西站在门口。

我迅速地放开了天天。天天紧紧地抓着我的手，她的手劲儿越来越大。她倾斜着头叫了声静初。我挣脱天天的手，我以为分开就能洗脱干系。静初松开了手，拎着的袋子一下子掉在地上，有什么东西在布袋里摔坏了。那是一个上面绘着一只长耳朵兔的布袋，在地上折在一起的布袋只能看见兔子长长的耳朵。静初朝天天走了过去，我站在旁边无所适从，我不知道在她们争吵之前我能干什么，女人之间的感情往往不是外人能够插嘴的。

静初从沙发上拿起一条沙发巾披在天天的身上。"别着凉了，我会心疼的。"静初把天天额前的头发别到耳朵后。

天天的身子颤抖了下，静初便转身走了。我想要追上前去，天天紧紧地抓住我的手臂，她在背后叫着我的名字。"我们正大光明地在一起吧。"她说。

这样的情形早在我的脑袋里排练过了无数次。我和天天的关系被静初知道，我该怎么取舍？就这个问题，我问了很多人，大部分人的回答都是选择静初，天天只不过是贪图新鲜感找的，没多久就会腻歪了；小部分的人说："那就看你爱的是谁了。"我想我应该是绝大多数的正常人，所以我会选择静初，这是每一天我在脑袋里告诉自己的答案。

我看着披着沙发巾的天天。理智告诉我,我应该现在去追静初。于是我甩掉了天天的手,冲出去追静初。静初不知道是跑去哪里了,她的手机没人接听。我在毒辣的太阳下回味着和静初在一起的每一天的味道,就像是盛夏空气里的浆果的味道,显得青涩而且醇厚。白花花的阳光使心情变得莫名烦躁,我的后背全被汗水打湿了。

我站在十字街口不知道该往哪个方向,哪里都是驶去目的地的车。我站在十字路口四处观望了一会儿就往回走。我感觉到身体里那股不安的因子在不停地想要涌出,可是有什么在牢牢地堵住那个出口。我回去的时候,沙发巾跌落在地,无人捡起。窗户被人打开了,最长的那根朝着沙发的枝条不见了。

我觉得整个房间热极了,于是我关上了窗户,把空调调到最低,任凭冷气在皮肤上钻出一个个疙瘩,后背湿透的热的汗水也变得冰冷。

我一直在想,在友情和爱情发生冲突的时候,那会是一种什么样的情况,大抵是一种两种都无法割舍的局面,大部分的人也大抵会选择走向爱情的这条路。我有没有和你说过,静初就像是个充满仙气的姑娘?当然这种仙气并不是说是一种什么样的奇怪的功能,如果要给她冠上一个词的话,那就是特殊。

一直以来对于任何的事,只要是静初想要解决的话,那就没有解决不了的。她能时不时做出一些令你觉得诧异的奇迹般的事。在大街上看到带着孩子的年轻妈妈对哭啼的婴儿束手无策的时候,静初会走过去蹲下身子亲吻一下孩子,然后在孩子的耳边说几句话,婴儿就停止了啼哭,冲着静初笑,而年轻妈妈对静初也是倍有好感的,站在一旁微笑对她。谁能拒绝一个干净温暖的女孩呢？静初她们小区里的每一个小孩都很喜欢静初，每次我去她家找她，总有小孩会紧跟在我的身后问我："你是不是去找神仙姐姐？"第一次的时候我先是纳闷谁是神仙姐姐，然后他们说神仙姐姐就是静初姐姐。我和静初说到这件事的时候，静初先是捧着肚子笑了一会儿才趴在我耳边对我说："其实是我骗他们叫我神仙姐姐的，每次一见到他们我都会给他们分糖果。小孩子最单纯了。"

在那件事后我有一段时间没有见到静初和天天。我去静初家里找她，她都不在家；天天也消失了，用任何的方式我都联系不上她，我觉得我是伤透了她的心了。我是爱静初的，和天天在一起更多的时候只是一种新鲜和刺激在心里蠢蠢欲动，就像是有一头猛兽在心里跃跃欲试，在寻到猎物之后就该消停会儿了，可是在天天的身上我总觉得我消停不了。

有一天半夜静初打来电话。她的声音在电话里低沉沙哑，她说："你爱天天吗？"我在电话这边沉默不语，摇了摇头。"你能听见我摇头的声音吗？"我说。她那边沉默不语了。

"静初，我们有三十四天没有见面了，我好想你。"说这话的时候，我已经站起身来，走到窗户边，打开窗户。窗外的热气迎面而来。

"我明天就回去。"静初说完就把电话挂了。

静初在第二天中午到我家里。她在门口轻轻地敲了三下门，我打开门的时候看见化着精致妆容的她站在门口，她的头发全都束在左边，一条蓝色的丝带懒洋洋地顺着头发躺在肩膀上。她在自己右边的眉毛边粘了一颗水钻，两边的眼角各自向上勾画着一条小线。

"你还好吗？"她说，抱了抱我就进屋了。

"你怎么不用自己的钥匙开门？"

她把自己的包丢在了地上然后笑着说："我怕又该看见什么了。"她站在空调下面，脱去自己的纱衣，穿着裹胸背对着我。

我也跟着笑笑："你到底是没有忘记。"

她大笑了起来："有谁会忘记事情？只不过是不想提起罢了。"

我去厨房给她倒了一杯水，家里有她专门用的杯子。她从我手中接过杯子，然后放在玻璃桌上，玻璃和玻璃相击的声音让我一跳。"你还记得这个声音吗？"她说。

"你一直提起这件事是想干吗？"我有点愠怒，她从一进来就一直提醒我那件事，就像是把所有的时光都翻出来重新看一遍。

"没什么，就是今天刚回来，我想让你知道我为什么回来。"她拉开挡着阳光的窗帘，站在阳光下，我能看见空气里随着冷风飘动的微尘，阳光落在她的周边，她眉毛边的水钻折射的光，五颜六色地点缀在她的眼角。天哪，你一定想象不出她有多迷人，我尽可能地靠近她，拥紧她，低头亲吻她。我能看见她细微的绒毛随着脸上的表情轻微地颤抖着，就像蝴蝶。窗外的绿色植物显得生机勃勃。

之后的日子她没有再提起天天，我也大抵是忘记了，只有在静初一个人呆坐在椅子上的时候，我会想起天天。在很久之前静初除了我，还有天天。现在静初除了我还是我。很多时候她都是极其寂寥的，天天就像是静初生活的一部分，当有一天失去了这一部分，虽然生活不会发生过多的变化，只是昨天仿若今天，甚至明天也像是今天，生活变得更为悠长了。

在静初回来没多久后我就见到天天了。她头发的颜色变浅了。"洗的次数多了，头发都掉色了。"她说。静初捧起她的发端，亲了一下那些头发说："明天我可以陪你染回棕色的头发。"天天的男友在一旁笑着看着静初和天天拥抱在一起。

我、天天和静初，我们三个彼此心照不宣地没有提起以前那段日子，像是把它自然而然抹掉了。每次静初和天天并肩走在马路边的时候，所有的车在她们身旁驶过。绯色的、白亮色的阳光洒在她们走过的路，看起来亮晶晶的，尤其是在天天也在自己左边的眉毛上粘了一颗水钻后，她们看起来动人极了。

三

"你没想起天天吗？反正我是想起她了。"

我转过头看她，阴暗的光线下她的头发盘成髻，上面插着一根象牙色的簪子，她的手不停地拨弄着耳坠。我看着那耳坠突然想起我曾经送过天天一对这样的耳坠，不过后来天天弄丢了。"怎么，觉得眼熟吗？我还以为你能看见这对耳坠呢，结果你也是粗心大意的。"她耸了耸肩说着。

"我觉得你戴着这对耳坠比谁都好看。"我把手搭在静初的手上。

静初笑了笑不说话，那天晚上我们各自回家后站在阳台上打着电话。

"你听到我这边的风声了吗？"静初说。

我屏住了呼吸，听着她那边风声簌簌作响，像是有人在树叶上轻轻走过。整个天空就像是一摊黑色的水倒挂着，混沌的，黏稠的，唯有一轮弯月还在散发着冰冷的清辉。"你看今晚的月亮多亮呀。"我抬头看着天空说。

"你知道自己要什么吗？"

"我知道。"我说，然后我停顿了一会儿，看着浓稠得像是黑蓝色的棉花糖的天空说："我想要和你在一起。"我以为她听到这句话会很开心，毕竟女生都爱听这些甜言蜜语，所以企图靠这句话搪塞过去。

"你知道我问的是什么。"

我顿时语塞。我整天都在无所事事地度过，一天又一天。每天醒来的第一件事就是躺在床上想着接下来的一天我要怎么度过，结果这一天还是和前一天过得一样，日复一日的早晨的思考变得就和一件衣服一样随时都可以往身上套，又随时可以脱下。

"你还是不知道你自己要的是什么？"静初说，然后把电话挂了。

这已经是静初第二次这么说我了。第一次说我的时候，那时我还在一家电子厂昏天黑地工作。静初说你怎么待得住。天知道我一个二十岁的有年轻活力的人是怎么整天和一群中年的人坐在一起，安装，包装，这些所有的工作都是在同一张桌子上完成的。那时我觉得我是在把自己的青春一件件包装出去贩售给别人。

有一段时间我和静初见面的时间特别少，到后来我才知道原来她在备考一个学校。有一天晚上,我从她学校接她回去,一路上她和我说她以后的计划:"我想要过一个比普通人都好的生活,我想要在美术这方面得到我应该有的东西,你呢?"

我停住了脚步支支吾吾地说:"我也不知道我要的是什么。"最后我狼狈地说了句:"活着嘛,活一天算一天呗。"

"那你想过以后我们要怎么过吗?难不成就靠你整天在电子厂干都不知道是什么的活儿这样过活吗?"

我语塞。那天晚上我就失眠了,我想了一个晚上,可是我还是不明白我自己到底要的是什么。我询问很多人,我说你们真正想要的是什么?有说想要一份好工作的,有说想要一份好生活的,也有说想要别人羡慕的目光的。我一边询问别人,一边在电子厂上班。我开始觉得我每天都躺在那些灰色的人当中,呼吸着一样的空气,所有的生命都融进了灰色当中,没有一点绿色的生机。

我知道喜欢一件事情很容易,把自己喜欢的那件事情做好却很不容易。那段时间我天天问自己,生活的本质是什么,我想要的到底是什么。那晚我和静初走到了湖边。整个湖面静悄悄的,我们倚在栏杆边,月亮给湖面披上了一件轻纱,整个世界都像是被银白色的湖水给包围住了。我侧着身子说:"静初,我觉得我不能再这样地过了。"

静初站到了我的面前:"你找到你自己想要干的事情了?"她的言语里带着欢快的气息。

"嗯,我想把电子厂的工作辞了。"

"然后呢?下一步你准备干吗?"她往后退了一步。

"我想要赚钱。"

静初摇了摇头。

"赚钱有错吗？"我疑问着，我突然觉得静初有点胡搅蛮缠了。

"赚钱是没错，可是活着并不单是为了赚钱。你这一辈子都能只为了赚钱吗？你有没有想过将来要以一个什么样的状态生活，我又在你将来的计划中如何安放？"静初仰起头不看着我说。她湿润的眼睛在月光下闪着银白色的光。

"可是他们都说我的生活很稳定、很正常呀！我上班赚钱，娶你养孩子，我们就这样地过一辈子不好吗？"

"你不能因为大家都觉得没问题就觉得你的生活是那个样子的。你难道可以为了别人说的正常的生活而就不管不顾自己想要的生活了吗？"静初垂下了头，然后又回到了之前她站的那个位置。"你喜欢干什么，你好好想想，你都忘记了吗？现在的你真的快乐吗？"

我喜欢干什么？我喜欢抽烟，我喜欢胡思乱想，我喜欢吃东西，可是这些都不能养活我自己的呀，那我喜欢干什么？我在自己的心里默默地想着，然后说："我喜欢抽烟。"我的身体里就像是有什么在挣扎，想要破身而出。

"你喜欢抽烟？"静初重复着我的话，她的言语里满是失落的感觉，尾音拖到足够消失在湖水里的长度。我手里的烟头随着我抽烟的动作像是一簇鬼火在昏暗的空间里移动着。

在我们分别回家之前，她说了句："你还记得你当时喜欢画画吗？"

静初的话就像是一块石头掉进了井里，扑通一声，溅起了水浇在了我的身上，我哆嗦了一下。

"我不记得了。"

四

其实我是一直记得的，只是我不愿想起也不愿说真话。我总是想要忘记我曾经想要忘记的，可是我一直都没有忘记那些在我心里的回忆。它们只是伺机以喷涌的方式涌现出来。

晚上我躺在床上辗转难眠，我又一次地陷入了自己构造的世界中。有很长的一段时间，我以为自己能够做自己喜欢的事，我以为自己可以随意地画画，过着想要的生活。那应该是我最不想回想起来的一段日子，因为我觉得那一段日子是极为可笑的。当然这是我现在对那段日子下的定义。

那是我还在上学的时候。我是个美术生，每天做的就是素描、水彩，并且乐此不疲。每天世界里都是我自己构造的图画和那些线条、阴影还有光的处理，各种想法交错。我以为自己能够成为一个画家。我就是在那时认识的静初。她喜欢着狂爱美术的我。我给她画过一幅画，那是一幅专门为她而存在的画。她的眼睛柔情似水，我把自己心中的她照映在了那幅画中。那时的我是多么光鲜亮丽地爱她，过着流光溢彩的生活。

这样的美梦在接二连三的艺考中慢慢地变为了噩梦。高考落榜，专业分没有达标，也就是说，那些我之前一直以为我能够成功的美梦、我能够成为一个画家的梦想都是自己臆想出来的。我说："静初，我放弃画画了。"我是这么和她说的，可是我不甘心。

在最初的一段时间里，我仍然坚持着画画，在所有人都去工作赚钱的时候，我躲在自己的卧室里昏天黑地地画画，我沉浸在自己的世界里，我还是以为我是能够成功的，就如在我还是学生的时候我以为我自己能够成为一个画家那样地渴望。可当我一次又一次没有钱吃饭，在画板面前饥肠辘辘的时候；没有钱买颜料，拿着笔沾湿，在之前画的画上取色的时候；在我完成几幅画拿去卖却整整几天无人问津的时候，有的人摇摇头，有的人视若无物，有的人说"你还是放弃的好"，我绝望了。我觉得世界一下子就跌入了冬天，萧瑟的风在灰色的世界里轻轻地吹着，所有东西都跟着晃，飘飘欲坠。

有一个晚上我做梦。我梦见了我躺在一片红色的土地上，上面画满了线条繁复的花纹，无数勾勒的线条都缠在了一起，无数的花朵都在我的身下展开，就像每一个初生的婴儿，眼睛是眯着的。我赤裸着身子在土地上站了起来，一大片黑压压的乌鸦从我头顶上飞过，我听到了下水道里水流的声音，秃鹫呼啸而过发出寻觅尸肉的呼喊，我还听到了远处对我的召唤。我狂奔而去，躯体在红色的土地上燃烧，我疼得掉下泪，泪一颗一颗地掉落在地上变成无穷无尽的翻涌而来的五颜六色的颜料。我难受得想要撕扯掉自己的皮囊，躯体的剧痛令我惊醒。

那天晚上，我是真的听见了乌鸦飞过，发出"呀——呀——"的叫声，我把自己所有的和画画有关的东西都扔进了垃圾桶里，包括自己的世界。

五

第二天我再见到静初的时候，我心里一惊。她的脖子上已经戴上了一条和那个女歌手相似的项链。项链一环一环相互扣着，上面绘着繁复的图纹，最中间的那个圆环变成了一个三角形，三角形的中间是一个红色的圆环。

我说过的，静初总是会无形中创造出一些奇迹，这些来自我梦境里的符号终于有一天挂在了她雪白的脖子上。

"再过几天我就要去北京上课了。"她站在十字路口对我说。

"这么快就要走了吗？"我在静初的旁边帮她撑着伞。

"嗯。和你说一下。"她顿了一会儿继续说道："以后我应该也不回来了，要是有合适的你就找一个谈吧。"

我惊讶地瞪大了眼睛看着她。阳光透过紫色的伞把带有颜色的光盖在她的身上。"为什么？你觉得我们这样子不好吗？"

"可是我就要去北京了。"

"那我依旧可以给你打电话，给你写信，有机会我还可以过去看你呀。"我的额头热得冒出了汗。

"我觉得咱俩不合适,那怎么在一起?"她伸出手擦去我额头的汗水,我隐约闻到了香味。

"我们俩怎么不合适了?"我的后背沁出一层汗。

"就像是你始终在电子厂工作,而我还一直都在追寻着我想要的东西。"她也停住了,把自己的长头发往后面拢成了一堆。

"你要是不喜欢我在电子厂上班,我现在就可以马上过去辞职。我可以去赚钱,赚很多很多的钱。"

"这和你在电子厂上班没有关系,重要的是你都不明白你为什么要在电子厂上班。你以为你赚很多的钱,过着很体面的生活,你就可以得到所有你以为你得不到的东西吗?你根本就不知道你自己想要的是什么!"

"那你说我要的到底是什么?"我垮了身体,驼着背,轻笑着问她。

"我也不知道。"她从包里拿出面巾纸擦汗。"你一直都是喜欢天天的。"过了一会儿她说。

"怎么可能?我一直喜欢的都是你。天天只是我贪图新鲜感找的。"

"不是这样的,我们在一起后,你不自觉地就会做出和天天一样的动作,说出和天天一样的话,可是之前我们俩在一起那么久,你从来不会这样,你对她的感觉已经深深地植入你的身体里了,不是吗?"说着说着,静初就红了眼睛。我想要过去舔舐她的眼睛,刚靠近她就被她用手挡住了。

"和天天分开后,我的脑子里只有你的身影,我想着我们以前的故事,你想想我是不是和你说了很多我们以前的事?你在我生活中已经是无可取代的了，永远都有一个身影为你而存在着。"

"够了，"静初的声音突然大了起来，她的眼眶都红了，"你说的很多故事都是你和天天发生的，不是和我。"最后那句话说出来的时候，静初的泪就掉了下来。说罢她就走了，我撑着伞一个人站在了原地。

我觉得她离我越来越远了。

六

希子是我在酒吧里认识的。她烫着一头酒红色的麦穗卷；她的眼睛不大，但她把自己的眼睛描得很长，涂了很厚的一层眼影；她的嘴唇鼓鼓的，就像个婴儿；她的耳朵上挂上了很多的耳坠，这样的女孩儿在迪厅里都是很招男人喜欢的。我第一次见到她的时候便是如此，她在舞池里跳舞，周边围着好几个男的，他们凑近她用手或是身子贴着她，她也不躲闪，随着他们。我坐在吧台前看着她。那个时候静初已经走了，天天也随着她的男友去了外地。两个人都是我再见不到的了。

从那天静初走后，我就开始怀疑自己是不是精神上有了障碍，我总觉得在自己的印象中有一个女人，而我一直都觉得那个女人就是静初，可是静初却说那个人是天天。我和静初说很多我们之间曾经发生的故事，可是她竟然说那些都不是我们之间发生的。我试着学静初说话的语气，学她的动作，学她的品位，我做着一切，可是直到后来她才说，这一些都是天天的痕迹。我觉得自己有点糊涂了，难道我一直都把天天和静初搞混了？可是他们都说该选择静初，那么我选择的应该就不会错了。嗯，我点了点头证明自己的想法。

希子和我说的第一句话是"请我喝一杯呗"。那个时候我才看见她的脸上也挂着几个细小的环。她拖长了最后一个音，听起来倒有点像是撒娇的感觉。我点点头。"给我一杯'教父'。"她说。喝了酒之后，她的话就多了起来。她絮絮叨叨地说着她的经历，例如她有几个男朋友，哪一个床上功夫好，哪一个更体贴，诸如此类的话源源不断地从她嘴里说出。

末了，她说："这些故事我和千百个男的说过。"我猛地喝一口酒，把杯子里剩下的酒喝完，准备走。

"你要走了吗？"她说。

我点了点头。

"那我和你一起回去吧。"

"我们家可只有一个床。"我故意装得坏坏的，笑着说道。

"没事，我不在乎。"她轻轻地在我耳边吐了一口气，"你不是一个坏人。"

那一瞬间我变得有点晕。

一回到我家，她就冲进了厕所里洗澡。"这么急着洗澡。"我笑着说。"我觉得自己身上太脏了。"她耸了耸肩说着。她把自己耳朵和脸上的挂坠一个个地都取了下来放在玻璃板上，因碰触发出的声音显得格外地清脆。

她松松垮垮地穿着我的T恤就出来了，头发湿漉漉地往下淌着水。"怎么不擦干了出来？"我问。

"没事，一会儿就干了。"说完她就从冰箱里拿出一瓶水，坐在阳台上看着天空。我在卫生间洗澡的时候听见了她的歌声。我围着浴巾出来，看着她倚在阳台的栏杆上，对着天空唱歌：

> 我在寻找着每一条路
> 路边都开着五颜六色的花
> 你还记得
> 你给我别的那朵花吗
> 还是如今 你也已经给别人别了
> 我的头发还残留着昨天的香味
> 你的身边
> 已经有了别的新娘
> 每一朵花都是一样的
> 我还能辨别出哪一朵
> 是你给我别过的
> …………

她的声音很轻，幻化成空气。其间有人骂着"大半夜的让不让人睡觉了"，她仍然不管不顾地唱着自己的歌。远远地看着，月光倾泻在她的身上，她的发梢向后卷，她张开双手，仰头看着天空，真是美极了。

我去冰箱拿了瓶啤酒，然后坐在她的旁边。"你喝不？"我向她示意。

她摇了摇头："在家里干吗要喝酒呀？"她转过头去喝自己的水。"你一个人住吗？"她说。

"嗯。"我捏了下易拉罐，声响在安静的夜里显得很清楚。

"你没有女朋友吗？"

"分手了，哈哈。说过不难过，可是还是真他妈的难过。"我尴尬地说着。

"你们还是太年轻了，爱情嘛，你要把它当回事它就真是回事，你要是不把它当回事它还就真不是回事。"她从栏杆处的那个阶上下来，坐在我旁边。

"看你这年纪轻轻的，说话怎么听着这么沧桑？你就不谈恋爱吗？"

"我不谈恋爱呀，我谈男人呀。"她忽然笑着说道。

"你这个说法倒很新鲜呢。"

那个晚上她絮絮叨叨地说了自己的故事。

"你知道吗？我谈过很多次的恋爱，可是连我自己都记不住自己和哪些人谈过恋爱了，我能记住的他们的共同点就是他们中的大部分人都是中年人，他们大多比我大十几、二十几岁，都快赶上我父亲的年纪了。我和那些人一起上床，一起做任何的事，我觉得自己无比地恶心，可是我却沉沦进去了。我到现在还记得上我的第一个男人。那时我还在上大学，家里的经济条件不是特别好，我就想着找一个有钱的男朋友。我参加很多的活动，逛夜店，喝酒，网聊。可是你知道吗？

那个时候我还是个很干净的姑娘，我没有做出任何出格的事情，因为我不敢，我还觉得自己是个人，所以我想，我得珍惜我自己。他也是我在网上聊的一个，而且他还是我的老乡。他很关心我，起先他骗我说，他才二十几岁，后来他又说他三十岁。不管是不是他伪装，可是在和他聊天的过程中我觉得自己很开心，他很健谈，而且风趣幽默。他说，他很喜欢我，他用尽了一切的手段和方法来讨我的欢心。可能是因为我一个人在外觉得孤独极了，于是我便以为他是真的爱我。我们见了面，我才知道，原来他都已经四十了，那个时候我才十九岁。他说：'不要纠结于我的年龄，我可以每个月给你钱，你只管花就好了。'他还和我说他没有妻子，他就喜欢我一个人，他的所有的甜言蜜语就像是一张罩在我头上的网，把我罩得死死的，因为他说的一切都是我渴望得到的。那一晚我就把自己的第一次给了他。之后他就时常地不回我短信、电话，在我没钱的时候找他拿钱他一次只给我五百块。我不知道你是否能想象得到，那个时候的我多么绝望。因为他说过的承诺，我刚开始花钱随意无节制，后来在我发现问题存在的时候，我却无能为力，他就像是凭空消失了。每当我回忆起他那褶皱的肥佬的脸时，我都止不住地恶心，我一遍遍地扇着自己的嘴巴问着自己：'你是如何在他下面承欢的？！'我拿小刀割自己的手，看着自己手上伤口的血流出，我企图用痛感来唤醒自己的存在感和羞耻感。在很长的一段时间里，我总觉得自己的第一次被自己用五百块给卖出去了。我觉得自己将要无止境地堕落下去了。

"之后，为了偿还那些债，我开始找各种中年的男子，我就像是彻底地沦落一般。他毁了我,你知道吗?我的一生和他都分不开了。我总能在夜晚里听见青蛙的声音,还有他的喘息声,这一切就像是把刀一样地在我心里剜,一下又一下。我只能在身体的各个地方打上钉,每次发炎疼痛的时候我才会觉得自己的身体是自己的,只有在那个时候我才能觉得自己是一个人。跟着不同的男的上床,拿着不同的人的钱,然后再过着我想要的生活。我觉得自己是如此无耻,可是我又以此为傲,我觉得没什么不好,我靠自己的身体赚钱,这也是本事,不是吗?可是你知道我,我这辈子最后悔的是,我还没有好好地谈过一次恋爱,却被不同的中年人包围着。你一定想象不出那种感觉的!"

说完,希子长长地舒了口气,半带着微笑歪过头来看着我说:"说说你的恋爱呗。"那个样子的她像个孩子。

我点了点头,然后和她说起了静初,说起了天天。

"你们就是好,还有那么多的纯真的情感,每次我想要谈恋爱的时候想起自己这污秽的身子,我觉得自己脏极了。"

"你说生活到底是什么?你想要的是什么?"我问。

听完,她哈哈大笑了起来:"生活是什么?我到底要什么?我他妈的要是知道我还能和四十几岁的男人一起睡觉?"

那天晚上天很黑。我们很晚才进去睡觉。我抱着包裹得严严实实的她睡着了。

她真像个在母亲怀抱里的孩子。

七

  在我和希子分别的第二天，我又去那个十字路口等她。我觉得她会出现，我希望她会出现，我臆想着她会出现，可是一直等到天都黑了她都没有出现在十字路口。

  我低下了头，我想我该回去了。我在十字路口转了好几次，最后我都忘记了哪一个方向才是我回家的方向。

  我站在橙黄色路灯下的十字路口想，那天我最后一次去静初的家里的时候，她的墙壁上挂着那幅我送给她的画，我看了一眼却感觉看见了全部。最后我怅然若失地出来，我想我该去垃圾桶里拾回一些东西。

  第三天，我依旧去了电子厂上班。

月落乌啼

直到父亲走的时候,我都不知道父亲患的是什么病。我只知道当所有人都去了火葬场的时候,我一个人坐在父亲屋子的地板上。绯色的天空,周围安静极了。我看到了那些构成我身体的物质,以一种不可见的身姿在我身旁不停地盘旋。当我失神地看着它们的时候,它们却早已飞逝,消失在了空中,就像是很多消失了的事一样。

我知道,它们总该有回来的一天。

一

你有过这种感觉吗？

在你毫无准备的情况下，忽然你的生活就这么闯进了几个人，让你措手不及。原以为他们就像是人生的诸多路人一般，而他们却像扎根到了生命中一样，直至你死去。如果说，死去的人的灵魂就像是火星，再变成一缕青烟，袅袅地飘出尸体，然后在空中积聚在了一起，把地上的肉体描摹出来，重塑这个躯体，灵魂重新附体，因此这个人的姿态、行为还有思想都和原来世界里的人一样，只是存在的形式不同的话，那么我相信我的身边会有以这样的形式存在的人，因为这种感觉是从血液里感知到的。

我的生活就是这样，时不时地就会闯进几个人，而且这些人都在我的血液里流淌着，那是一种怅然若失的感觉，就像是陷入梦境一般。

二

我有没有和你说过，在我十二岁之前，我知道的我的生命里的亲人只有一个——我的父亲？他很高，很结实，眼睛很大，鼻子很挺，胡须青色一片。

父亲是个脾气急躁的人，说不了几句，他就会和我急起来。他大声地对我说话，大声地呵斥我。可是他又是个细腻的男人，因为他不曾落下我的每一顿饭。父亲是个寡言的男人，可是当他说起母亲的时候，他显得愤慨而又甜蜜。说到这里的时候，我就不得不提起我的母亲。在我记忆里完全没有关于母亲的印象，有的就只是父亲偶尔的提起。父亲说："你母亲在你出生的时候就像是星星一样地飘到了空中，然后不见了，只留下一颗星星给星星。"我的名字叫星星，这个名字是父亲取的。父亲说这话时总会看着我胸前的星星。那是一个用石头刻成的五角星，父亲说，我要一直带着它，因此我以为终有一天这颗星星会成为一个就像是见证一样的东西。

在一次学校的手工课上，我做了一个像我戴的星星的陶瓷作品。带回家给父亲看的时候，我说："和妈妈比做得怎么样？"父亲笑了笑说："玲儿的手巧得很。"玲儿是我母亲的小名。父亲那种眼神温柔得就像是午后阳光里的泡泡，在表面闪着五彩斑斓的色彩，看起来是那么惬意。

那晚，父亲在自己的房间里喝酒，房间里时不时地传来低沉的嘟囔声。我趴在门口，看着坐在地板上倚着床栏的父亲，他醉红着脸，发出低沉的声音："你为什么离开我……"

你为什么离开我？

有次，父亲和朋友喝酒，两人谈着谈着，忽然那个人说了句："你不去H市找小玲吗？"

父亲摇了摇头。

"你觉得小玲还会回来吗？"

父亲没有回答他，只是低着头喝着酒，说："你们谁都不知道。"而在一旁的我，却记住了这两句话。

H市。"小玲会回来吗？"这句话让我的神经止不住地颤抖，像是说不出来的欲望。

三

在我十二岁的时候，有一天父亲对我说："你要去和奶奶一起生活。"

我说过的，在我十二岁之前，我所知道的我的生命中的亲人只有一个，所以关于奶奶的消息我什么都不知道，我不知道她长什么样子，我不知道她家住在哪里，可是现在父亲突然冒出一句话，让我和奶奶一起生活，我觉得我一点儿都不能理解，我也一点儿都不乐意。

"奶奶在哪儿呀？"我问。

父亲只是看了我一眼，不说话。

"奶奶长什么样子呀？"我继续问。

父亲依旧是不说话。

你知道的，当一个小女孩在问问题却得不到任何她应该得到的回应时，那种感觉是很伤自尊的，可是我的父亲他一点儿都不知道，或许他不在乎呢。他只是在收拾着东西，说走就走，不给我一点儿的商量的余地。

我跑过去抢走父亲手里的东西，扔在地板上，瞪着他说："我不走。"

父亲依旧不说话，手插进口袋看着我。我见这样子更是觉得得势，于是就把箱子里所有的东西都倒了出来，我边倒边尖叫着："我才不要离开这里，我才不要和奶奶一起生活，我要等妈妈回来！"

我对面的父亲一愣，然后气冲冲地抢过我手里的箱子，把我倒在地板上的东西一件件地又都扔了进去，就像是抢劫似的，边扔还边踹东西。因为胡乱塞进箱子，一两件东西掉落在箱子之外，随着父亲的步伐零零散散地躺在了房间的角落。东西落地的声音很大，就像是父亲无声的怒气。

"我就是不走，我就是不走。"我在父亲的后面捶着父亲的后背。我不知道自己那一天是怎么了，到底是因为什么，就像是不想离开这儿，是不是就因为那人说了一句："小玲会回来吗？"

忽然，父亲咳了几声，转身推了我一下，我一下子跌倒在地。我也不知为何忽然就歇斯底里地冒出一句话，尽管当时的我对此事一无所知，我哭着尖叫道："就是因为你这样子，所以妈妈才会离开你！"

父亲的身子震了一下，他停下了手中的活儿，身子在余晖中显得更加佝偻了。

　　对了，我想起来了，那时正是傍晚。太阳都快下山了，整个天空就像是被火烧了一样，难得有了满空的火烧云。整个房间显得红通通的，我颈间的星星也像是染上了一层釉彩一般，绯色的水铺在了地上的散乱的东西上，显得狼藉极了，可是在那样的环境下，又显得极其静谧。

　　在我喊出那句话之后，我就停止了哭声，爸爸也没有说话，就那么蹲着。那一天下午，我出神地看着窗外的天空，然后想起了一个故事。

　　故事是这样说的：满是猩红色的天空呀，是天使在探身俯瞰人间时，被教堂尖锐的东西刺破了皮肤，鲜血染红了整个天空。可怜的天使呀，你俯身探看人间干吗？是圣母马利亚派你来的吗？可是人们知道吗？

四

　　我还是被父亲送到了奶奶家。

　　在我那个年龄，大人的世界总是我所不能理解的，可是我们的世界也不是他们所能理解的，而在他们看来，我们的世界总会略显青涩，总是不成熟的。这青涩的气味一度在我的梦里出现，伴随着一个时常有的、断断续续的梦。

我第一次见到奶奶是我在十二岁的时候。那时她刚打开门，披着一件大红色的外套，里面是一件黑色的套头毛衣，站在朱红色的门框里，显得陌生，以一种不可知的状态呈现在我的眼前。我抬起头望着这个老太太，她看了我一眼，然后就瞪着我的父亲。她的脸皱得就像是一个蔫了的橘子，脸上的皱纹一条一条的，就像是枯萎了的常春藤一样耷拉在她的脸上；两只眼睛滴溜溜的，目光在父亲的脸上转着；她的双眉和眼睛像极了父亲。随即她不说一句话就侧着身子让我们进去了。

那天下午我和父亲在奶奶家吃饭。原本是沉寂无声的，父亲对着奶奶说了句话，奶奶突然就和父亲争吵了起来。两人持着一口方言讲话，而我看着眼前的这个突然无声无息冒出来的奶奶，听着我以前从未听过的方言发愣。隐隐约约间，我就只听得奶奶说的："你要作死呀？！"

奶奶讲话语速飞快，就像是射出去的子弹一样，在她和父亲争吵的过程中，她时不时地就拍墙、敲桌子；父亲的语速也越来越快，脸也越来越红。这次争吵是以父亲起身踢开了椅子结束的。父亲踢开了椅子后，就出门去了。那时的我的感觉是极为敏锐的，我总觉得父亲是要离开的，于是我也赶紧起身要去追父亲。突然，奶奶在背后抓住了我，我使劲儿地挣扎，却仍然没有挣脱。我看着父亲在我的眼前消失，他没有留下一句话，没有留下一丝温存，就这么走了。我站在原地，没有呼叫，只是泪一直顺着脸颊往下流。

奶奶就在我的后面紧紧地拽住了我的衣服，不让我走，而父亲就那样离开我了。即使我敏锐地感觉到那种不安的气息，可是父亲丝毫没有顾虑到我。那时的我面对离别和生活就是只小鹿，极度地无助和没有选择。

五

  我不知道我是不是和你说过，我是时常做梦的，而且那些梦总是断断续续的。我第一次完整地做完一个梦是在奶奶家过的第一个晚上。

  那晚，我的梦境里一片灰色。对，是一片灰色的，没有其他的颜色。梦里，我是在一堆随意堆砌的石头中醒来。那是片森林，到处都是灰色的树木，连天空都是灰色的，一望无际。我一个人在森林里走着，看着森林里的每一棵树，它们的枝叶都相互摩擦着，发出"沙沙沙"的声音，可是它们的树干都相互隔着一定的距离。我一碰触它们，它们便像有灵性一样地后退，我一次又一次地尝试着，最后索然无趣，便不再尝试。"我只是想摸摸你们罢了。"我低声说道，就像以前在自己的房间里自己对自己说话一样。我继续一个人走着，在一个树木相互掩映的地方，我发现前方有一群灰色的狼在分食着几只动物。奇怪的是，那些动物流出来的血都是灰色的。我瞪大了眼睛看着它们，它们一块一块地撕开那些动物的身体，忽然血溅到我的脸上来，我伸手握住自己颈间的星星尖声嘶叫，一群狼都抬起了头注视着我，向我奔来。我的双腿就像是被凝固住了一样，一动不动，眼看着它们就要扑上来了，我尖声嘶叫着，妄想把这个世界都给撕裂掉。

我猛地睁开了眼，就看见了坐在我床前的奶奶。借着月光，我只能迷糊地看见她的轮廓，可我能感觉得到是她。她的身子随着我睁开眼震了一下，显然她被我的突然惊醒吓到了。我瞪大了眼睛看着她，她看了我一眼，然后便披着大衣悄无声息地走出了门外。

窗外月光洒了一地。我在月光里一直回想着那个梦境——灰色的世界、后退的树、狼群，还有我的嘶叫。

六

对于那时的我来说，好像在哪里的生活都是一样的，仅有的区别在于：在以前的家里，爸爸会讲着和我一样的话；而奶奶只会讲着我听不懂的方言，并且和我讲话时奶奶会忍不住打着手势，试图让我理解，但是那样子的她在我眼里显得张牙舞爪的，就像是在挣扎一样——对生活，对一切她未知的事物的挣扎。

在奶奶家的时候，我会给一些鸡鸭喂食。每次奶奶都会让我把一些剩饭剩菜掺了饲料拌在一起去给鸡鸭吃。有时候，看着那些调皮的、还很小的鸡鸭的时候，我就在想，它们真的很神奇，无论跑得多远，它们都会回到自己的那个窝，只要我手里端着盆子，它们就会一窝蜂地聚过来,仰着头叽叽喳喳地叫唤着,它们可真是幸福。我总觉得它们是很有灵性的,在它们进食的时候,我都会蹲下来看着,而它们也很乖地时不时地抬起头看我。它们就像是刚出生的婴儿一样,对着外界的一切事物都充满了好奇,不像那些大了的鸡鸭,我在旁边的时候,它们是从来不跟那些小鸡小鸭一起进食的,大概是担心着我吧。它们是长大了的,所以它们应该多懂些吧。

偶尔奶奶会杀一两只鸡鸭来炖汤,在去院子里抓鸡鸭的时候奶奶是笑着的。当奶奶抓起一只的时候,那一群小鸡就会围在奶奶的旁边叽叽叽地叫唤着,还尾随着奶奶。奶奶拎着大的鸡鸭走进屋子的时候,小鸡们因为跨不过门槛只会在外面不停地叫着。每每这个时候,我都躲在门后边看着奶奶杀鸡鸭。它们起先还是活蹦乱跳的,可是在奶奶用剪刀剪断它们的血管之后,它们挣扎着,不久之后就安静了。

在乡下的时候,我时常目睹这样的场景,挣扎着的死亡、希望和叫唤,在我的记忆里是一直存在的。

杀鸡鸭炖汤的时候,奶奶总会盛一碗汤给我喝。看着碗里黄色的汤汁的时候我总会想起那些金黄色的小鸡,那时候那种感觉是极其恶心的。奶奶看我这样会硬逼着我喝,在第一次我极为抗拒的时候,她竟然一把拉住我,坐在椅子上,把我夹在自己腿间,大声地呵斥着。她的声音和爸爸一样大。见我仍然不动,她就端起来,用汤勺使劲儿地撬开我的嘴,让我一口口地咽下去。奶奶对于吃鸡鸭是很热衷的,我看着饭桌上吃得很香的她,总会怀疑:她真的对那些鸡鸭笑过吗?

如果就像是我之前所说的,人死后灵魂会在天上重聚,那么那些鸡鸭也是生命，它们的灵魂是不是也会升到空中，聚集在了一起，然后一直陪着小鸡小鸭们成长，一直就存在于阳世，以自己的方式爱着自己的孩子？

七

　　从小就鲜有人触碰我，所以对于陌生人的触碰我是极为抗拒的。这种抗拒是一直延续的，父亲也不知道，可是这种情况在奶奶家的时候却消失了。是的，是消失了，我不愿意说是奶奶帮我脱离它的。

　　乡下老人多，老人们除了下田干活儿剩下的乐趣也就在于串门了。这一家串到那一家去，那一家串到另一家去，就这样，一群人围在一起乐乐呵呵的。

　　那一天，我去客厅里倒水，李奶奶叫了一声，然后朝我挥了挥手，要我到她的身边去。我刚一到她那儿，她就伸手在我的脸上捏了一下，我感觉到两只粗糙得就像是树枝一样的手在我面上刮过，那种感觉就像是自己统领管辖的东西忽然被人侵占了一样地羞耻和别扭，我抬起头瞪着她。她见我这样，嬉笑着朝奶奶说了一句话。奶奶也不说话。李奶奶说罢又伸手捏了一下我的脸颊。我站在原地一动不动地尖叫着，以此表示自己的愤怒。她"哼"地笑了一声，她的手在准备伸过来的时候被奶奶一下子打了回去。

奶奶看着她，大声说了一句话。

我看着李奶奶瞥了我一眼，站了起来，也大声地回着。两人越骂越大声，我躲在奶奶的背后看着她和另一个老太太吵架，她那个样子像极了发怒的父亲，仿若一只狮子一样，气冲冲的。事后，奶奶看着我，也不说什么，只是冲着我嘟囔着一句，便自己进屋了。

那天晚上，奶奶走进我的屋子里，她也不说话，坐在我的床上，看了我一会儿，便伸手摸了一下我的脸颊。我瞪大了眼睛看着她。她也不看我，又摸了我一下，这时我一下子打掉了她的手。她大声地说了一句话，然后一手按住我的手，一手又摸着我的脸颊。我大声地叫着，她也大声地说着话，我们俩就这么僵持了一会儿。我不知道她要干什么，我也不知道她在说什么，可我觉得委屈极了，极其地无助，泪就掉了下来。她看我这样，就松开了我的手，进了自己的屋子去了。这样的日子一直持续了有几天。直到有一天晚上，她进我的屋子的时候，一下子没站稳就摔倒在地上了。我看着门口的她，就赶紧跑下床，蹲在她的旁边看着她。

我没去把她扶起来，她自己一个人坐在地上，揉搓着膝盖，咬着牙，嘴里断断续续地发出呻吟。应该是疼了吧？

她坐在地上，也不看我，也不说话，就自己在地上揉搓着膝盖，过了一会儿她就倚着门框自己站了起来，不看我，不碰我，也不和我说话，就自己一颤一颤地转身出去了。

我蹲在地上看着她佝偻的身子、惨白凌乱的头发，想着她和父亲一样大的声音、眼睛还有鼻子，我突然想到，她是我的奶奶，是

··· 228 ···
大雨将至

我的亲人。

我站了起来,跑到她的面前抱住她的腰,然后抬起头看着她,牵着她的手在我的脸上一下又一下地摸着,这时,她的泪一下子下来了。

即使是这件事后,我对奶奶的亲昵程度也并没有更进一步,我不知道她为什么要这样,可能是她觉得女孩子那样太过骄纵不好吧。

促使父亲把我和奶奶接回到城里的原因是一次抢劫。

一个夏天的中午,那时我正在午休,忽然听到门外传来一阵吵闹声。我疑惑地把卧室的门开了一条小缝,我站在门口判断出声音是从奶奶的房间里传出来的。我赤着脚打开了门,刚一到客厅里就看见一个穿着黑色衣服的人拿着一把刀说:"钱在哪儿?"奶奶摇了摇头,瞪大了眼睛恐慌地看着他。那人靠近奶奶说:"在哪儿?"奶奶说了一句话,又摇了摇头,眼睛不时地往周边瞥。忽然奶奶看见我站在门口,她对那个男的说话,然后又指了指抽屉。在那个男的转身开奶奶床头的抽屉的空当,奶奶朝我使了使眼色,让我回到自己的屋子里,也就是这时我看见那个男人的刀已经抵在奶奶的腹部。

我尖声叫了起来。那个男的迅速地转头,看见我在门外,便一把把我抓了进去,把刀抵在我的背后,奶奶这时惊慌地大叫了起来。那男的恶狠狠地说:"你要是再吵,刀就扎进去了。"奶奶一下子就安静了。那男的问奶奶说:"其他的钱呢?"奶奶看着她,结结巴巴地说了一些话,然后又摇了摇头。那男的见奶奶这样,就一脚踹在我的腰上,我一下子就跌坐在地上。奶奶一下子就扑到我的身上,把我搂在怀里,一下又一下地抚摸着我的后背，嘴里嘟囔着，口水都滴在我的身上。我抬起头瞪着那个男的。

兴许是被我瞪烦了，他一把把我抓了起来，然后又问奶奶"其他的钱呢"，还没说完就直接把刀放在我的脖子上。奶奶吓得赶紧示意他停下，然后跌跌撞撞地去一个木柜里，拿出一件衣服，衣服里面有一个红包，里面装着钱。奶奶把那个红包递给那个男人，跪在地上，朝他不停地磕头。这时那男的一把把我扔在了地上，我的头磕在了地板上。我在地上看见他又朝着奶奶踹了一脚，在地上的奶奶看见我这样，像疯了一样地发出尖叫，把我抱在怀里，按住我的额头，发出号叫般的哭声。我模模糊糊地看着奶奶凌乱的头发、她湿了的双眼、她满是补丁的衣服，她的脸上的肉像布娃娃掉了线一样地耷拉着，狼狈极了，可是又那么可爱。

那个夏天的某一天，奶奶抱着我，一直哭。

八

我说过的，从小就鲜有人碰我，所以别人抱我的次数更是用一个手的手指头就数得清。在我的印象里，在夏天这个季节里，奶奶抱过我一次；父亲也曾经抱过我一次。我喜欢用事情发生的季节来记住事情。一年四季轮换更替，一切好像都没有变化，只是沿着该有的规律行驶,这样子也好,起码也有一些事物总该是永恒的。

　　一个黑色的、有星星的夜晚,我和父亲一起坐在阳台上,父亲抽着烟、喝着酒,眼睛不自觉地往前方看,可是前方空空的,只有路灯的柔软得像水一样的黄色的灯光。我抬头看着夜幕上的星星,一粒粒星星像是碎钻一样地点缀在空中,一闪一闪的。我看着父亲,叫了声:"爸爸,看,星星。"这时,我看着到父亲颤抖了一下,他转头看着我。我看不清夜幕下父亲的表情,我以为父亲被我吓到了,只是捂住了嘴巴笑着。过了一会儿,我感觉到父亲还在看我,我便转头看他,然后扯着自己颈间的星星说:"爸爸,你看我也有星星。"

　　爸爸把我抱到在他的大腿上,然后捋了捋我的头发说:"是呀,星星的星星是最好看的。"那样的亲昵是绝无仅有的。父亲满嘴的酒气。

　　我知道,我脖子上的星星,是母亲给的。从一开始父亲就对我说:"星星,这是你母亲留给你的。"之后更多的事就不是我所能知道的了。我不知道她的样貌,不知道她的脾性,只知道她会做星星——像我脖子上带的、比真的星星都好看的星星。

　　也不知道这件事情是怎么传到父亲的耳朵里的,我坚信不会是奶奶说的。我知道父亲是心疼奶奶的,在父亲知道了这件事后,他就让奶奶去县城里。奶奶不愿去城里,我想奶奶大概还是不肯服软。奶奶和父亲一样地倔强。他们一见面就会吵架,他们说话一样地大声,他们很少联系,可是我知道奶奶是爱爸爸的,因为奶奶的床头摆着父亲的照片——一张小小的,只有汤勺的头部那么大,像是从证件上剪下来的一样，却单独放在一个相框里。

父亲在无奈之下又特地从城里跑来乡下，一见面和奶奶没说几句话就吵了起来。我是听不懂他们说什么话的，我看着父亲的脸越来越红，说话也越来越快；奶奶止不住地又在拍桌子大声说着土话。我就站在旁边看着他们，我的世界里只有他们的声音，这声音就像是轰鸣的机器一样，在我的世界里轰轰轰地响着。

忽然我看见父亲闭着眼睛摇了摇头，忍不住地用手去捶自己前额；奶奶看见父亲这样，愣了一下，然后赶紧走上前去，扶着父亲坐在椅子上。奶奶不住地说话，言语里满是戾气和温暖，可是父亲仍在不住地敲打着前额。奶奶害怕极了，便跑了出去，叫村里的赤脚医生过来。那医生进来后敲了一下父亲的头，拿着血压测量仪量着爸爸的血压，然后皱紧了眉，对着奶奶摇了摇头说了几句话，便走了。我看到奶奶一脸湿漉漉的，分不清是汗还是泪。

奶奶还是随着父亲去了城里。走时，我看见奶奶把藏在地砖下的一小袋首饰拿了出来，然后跑了出去，回来的时候怀里多了一包钱。父亲是看见的，他不言语，只是眼眶一下子就湿了。

我一直都不相信有什么东西都会是永恒的。时间总会改变一切，就像是一把切刀一样，时间把生活、把情感慢慢地切开，虽然里面的东西还是那些，可是外表都早已溃烂、血肉模糊。就像是很多的事情，在你离开之后又回来的时候，一切都变了。

在我回到我离开了快两年的家时，家里除了我的房间没有变化外，其余所有的摆设和构造都已经改变了。我看见客厅里所有有角的地方都被泡沫纸厚厚地包着。空气里有一股我说不清的味道，就像是从地下渗透出来的黑水，透过坚固的水泥，一丝一丝地溢了出来，可我不曾闻到其透着诡异的气味。

九

父亲在奶奶家捶自己的头的行为在我记忆里留下深刻的印象，我以为那只是一时的，可是我没想到的是，那只是个开始——我知道的开始。

回到家里的那一天晚上，我做了个梦。梦里还是灰色的一片——灰色的森林、灰色的树木、灰色的天空。我在森林里漫步，每一条枝条都变成一个少女，她们在林间嬉闹着，我从中穿过，她们把我当成隐形人一般。我一路走过，周围满是欢声笑语，我以为只有我没有参与进去，这世界就剩下我一般。想着想着眼睛竟也湿了。仰起头看着天空，天空满是阴霾。我低头时，看见了在我旁边还垂着一根枝条。在整片树木都没有枝条的树林中，它显得是如此寂寥而且孤独。我转身走近它，它见我走近便后退一步。还是那样。

"你为什么躲我？"我说。风吹着它的枝叶，飒飒作响。

它走近我，我见它走近，也害怕得后退了一步。

"你又为什么躲我?"它说。"其实我就是你。"它的声音就像是一根常春藤一样,缠绕着我的心。心被束缚得难受,就像是锤子一下又一下地敲击着核桃一样,而在里面的果仁即将出来的时候,我却落荒而逃。

我突然惊恐极了,像被脱光了衣服绑在树上一样,那种感觉是可耻的,特别是对于一个正处于青春期的孩子来说。"其实我就是你,其实我就是你。"我的世界里满满都是这种声音,它大声地在我的世界里冲撞,像极了父亲的声音,也像极了奶奶的声音。

它不是我。它不是我。

我在一个山坡上停下,我又看见一群狼在撕扯着一只动物。动物的四肢都被扯掉了,忽然一块肉飞到我的面前,我屏住自己的呼吸,不让自己叫出声来,可是还是不由自主地流下泪来,真是怕极了,那种感觉。抽咽声惊动狼群,它们转身向我奔来,我也转身跑开。在森林里,你要是能梦见这样的一个场景,一定是有趣的:一群狼在追逐一个正在长大的女孩儿。

我一路狂奔,见到可以躲避的地方就躲起来,最后我在一个山崖的石洞里躲着,那些狗娘养的狼还是发现了。我看着身后是峡谷,面前是狼群,进退两难。想了一会儿,我便跳下崖去,在坠落的时候,我呼吸加快,我听见奶奶和爸爸的声音。

十

　　从梦境醒来的时候已是近天亮。父亲的房间里传来父亲的叫声和奶奶的声音。我赤脚下床趴在父亲屋子的门口，我看着坐在地上不住地捶打着自己前额的父亲，还有在旁边拍着父亲后背的奶奶。我进屋。"爸爸，你怎么了？"我问。奶奶说了一句话，可是我只听出了一个字——"疼"。奶奶又指了指父亲的头。

　　我说过这样的头疼在我的印象里是个开始。父亲吃很多的药，每次他一把一把地吃药的时候，我总觉得那是生命在作祟，以证明自己的存在。父亲会时不时地在屋子里大叫，在屋子里绕着圈跑来跑去，又蹦又跳。他每天早上都会头疼，他的屋子里总会飘出一些奇怪的、痛苦的呻吟声，或呕吐的声音。父亲说话依旧大声，可是奶奶说话的声音已经不大了，甚至有的时候父亲大声地呵斥奶奶，奶奶也只是笑笑。我觉得从未如此安静过，是的，从未，之前他们总是大声地说话。在我的世界里，他们不和，他们见面不一会儿就会吵起来，每次爸爸都会摔门而出，可是在爸爸头疼之后，奶奶变得缄默、温暖，生活的重心都在父亲的身上，还搬进了父亲的屋子里。

　　我在自己屋子里，看见父亲把奶奶搬进屋子里的东西都给她扔了出来，奶奶也不说话，只是捡了起来，又颤巍巍地放进了父亲的房间里，如此反复，最后我看见的是父亲倚在门口，慢慢地跌坐在地上，眼眶都红了。他把头埋进自己的臂弯里，止不住地颤抖，奶奶走到父亲的跟前，抱着他，手一直拍着父亲的后背，像是所有母亲哄孩子睡觉一样，异样地温柔。

那时也是傍晚，整个天空就像是藏红花开花了一般。故事中的天使——那个神圣的天使，真的在流血吗？在一点一点地流失着自己性命吗？一滴一滴的血，洒在了天上，一切又好像朦胧在红色的旋涡中，让人恐惧得难以名状，像极了一场红色的、飞扬一般的死亡终结。

在父亲生病的日子里，我总是让自己不去想父亲的病。我躲在房间里，坐在地板上，看着窗外的天——瓦蓝色的、绯红色的、猩红色的、黑色的。我躲在自己世界里，我以为只要这样，我就可以不去想这些事，可是很多事并不是由得了我们自己的。就像是有火烧云的日子，葳蕤、绚丽的红色将天边染得似血一般，整个天空都好像要烧起来了一样，火烧火燎的，让人触目惊心。殷红的、如月季般的血，有些妖娆，漫溯的血染红了无际的天空，偶尔溅出的血，也染红了那白得似雪般的云朵，云便像火烧起来了一样。血在翻腾着，燃烧着无尽的欲望，白云只是满脸通红，默默地享受着这一切，它明白自己是无法抵抗的。一朵一朵的火烧云，像红色的血，留下一摊血迹和它意犹未尽的疼痛。

在这之后的日子里，父亲变得越来越奇怪。每次我都站在他房间的门口，看着他一个人坐在屋子里，他时而安安静静的，时而疯疯癫癫的，时而又在自己的世界里，谁都不理。奶奶叫他，我叫他，他都是转过头来看我们一眼，然后转过头去，自己又在低声嘟囔着什么。

我经常在睡梦中被父亲吵醒,然后趴在门口看着他。我不进去,也不说话,只是站在门口看着。我什么都不知道,不知道父亲怎么了,不知道奶奶怎么了,不知道奶奶说什么,不知道这个家怎么了。我总觉得奶奶是知道父亲怎么了,可是她不告诉我,父亲也不告诉我。我企图从父亲的药上知道些什么,可是奶奶把每一瓶药的标签都撕了,只剩下白色的瓶身,空荡荡的,偶尔还有些没撕下来的纸粘在上面,我却看不清了,看不清了。

那天下午,父亲又在自己的屋子里对着空气说话,他低声地嘟嘟囔囔,像有人与他对话一样。忽然,他看见站在门口的我,他朝我挥手让我进去,我看着奶奶在客厅里忙活,就进去了。一进去,父亲就拉着我的手对着空气说:"玲儿,你看星星都长这么大了。"

我嗅到了空气中变质物质的气味,忽然我的心骤然地紧了。

"我虽然有时会骂她,可是我真的很爱她。"

"玲儿,什么时候回来看看星星呀?"

……

父亲念念叨叨的,空气中的尘埃在打进窗户的阳光中沉浮,阳光打在父亲高挺的鼻子上,父亲的脸一半明亮、一半昏暗,他的眼睛就像是泉水一样干净澄澈,可我不知道底下所孕育的黑水即将暴发。

"玲儿,你为什么要离开我?"

"玲儿,我哪里比不上那个男的?"

……

忽然,父亲的语速越来越快,越来越快,就像是噼噼啪啪下起来的大雨一样,然后他一把拽掉我脖子上的星星,我一下子跌坐在地板上。父亲拿着那颗星星,对着空气说:"玲儿,你看,你留下的星星还在,我一直都留着,我把它留给我们的女儿。"

然后父亲一阵傻笑,一只手在自己的脸上摸着,另一只手搭在那一只摸自己脸的手上,好像有谁在抚摸着他的脸颊一般。

"玲儿,你别走,玲儿,你别走。"父亲忽地站了起来,眼神淡漠地看了一眼坐在地板上的我,然后便"追"了出去。我看见客厅里的奶奶紧紧地拉住父亲,抱住父亲的腰,在后面一声又一声地呼唤着。

父亲像是失了魂儿一样地坐在地上,眼神呆滞地看着门口,一动不动。过了好一会儿,他才起来,又像是个没事的人一样地扶起和他一起坐在地板上的奶奶,问着:"你怎么坐在这里呀?娘,你怎么哭了?"

奶奶的泪一下子又出来了,伸着手在父亲的脸颊上抚摸着,然后和父亲一起走进屋子里。父亲看见跌坐在地上的我,连忙把我抱了起来,放在床上。父亲问:"怎么了?"

我说过的,我嗅到了空气中变质物质的气味,父亲变了,和以前判若两人。他以前不会这么亲昵地和我说话,他以前不会自言自语,他以前也不会陷在自己的世界里。我觉得我的世界、我的有关于父亲的世界随时都面临着崩塌的危险。我应该做点什么了。

我抬起头看着父亲,然后说跌倒了。

"摔到哪儿了?"他焦急地问着。"是这儿吗?"父亲一边帮我揉搓着我的膝盖,一边问着。

我点了点头。父亲看着自己手里的星星,他疑惑地问我:"星星怎么会在我的手里呢？"

"我也不知道。"我摇了摇头说。父亲拿了根绳子，重新穿好，叫奶奶给我带上。

阳光都像水一样地透过窗户流了进来。父亲在帮我揉搓膝盖，奶奶在帮我戴星星，星星是妈妈留给我的。我的眼睛一下子就湿了。多么美好的事呀，可是，父亲，我的爸爸，你这是怎么了？

那时，是秋天。树叶一片片地都黄了。风一吹，树叶都跟着掉。

十一

我是在一个夜晚坐上去H市的车的。

银白色的月光像是水一样地流进了父亲的屋子。我走进父亲的屋子的时候，父亲睁着眼睛看着窗外，奶奶已经睡着了。我轻轻地走到父亲的身边，趴在他的耳边说道："爸，我去帮你把妈妈找回来。"

父亲转过头，看着我，笑了笑。

窗外，月光静柔；窗内，笑容璀璨。

我轻轻出去的时候，奶奶醒了。我飞奔下楼，颈间的星星随着我的震动也上下跳动着，像是一个顽皮的孩子，却硌得我疼。奶奶在后面紧追着我。我消失在黑夜里的时候，我只听得懂奶奶在我背后喊着："回来！回来！你们都给我回来！"

路灯把灯光洒在了奶奶的身上,我回过头看她时,在路灯下的她从未显得如此佝偻。

黑夜里,大家都睡着了,还有打鼾声。我从未觉得自己身体里的血液竟如此跳动,我似乎听得见血液在血管里汩汩流逝,竟那样奔腾,像半夜在马路上飞奔的野兽一样,兴奋至极,只为了到达属于各自的目的地。月光透过车窗玻璃流了进来,在我的身上缓缓地流逝着。我突然觉得这样子真好,大家都在,真好。

我是在晚上到达H市的,一个人在黑夜里行走,手紧紧地拽着我的包。宽阔的马路上,一根根路灯孤独地站立着。它们使劲儿地把自己的光撒在马路上,像是彼此发出无声的言语,可是无论是怎样的光亮,天亮了,它们终究都会灭的。无论是怎样的言语,它们之后也总是隔着一定的距离,不曾跨越。在这不曾跨越的距离里,它们在静静地守候着,倒像是在等待着天亮,寻找着另一个夜晚的言语。

我不知道方向,凭着自己的感觉一直往前走,可是越走越偏,路越来越窄,天也越来越黑。我在一条小路上停下了脚步,天空中挂着一轮弯月,就像是镰刀一样的,我觉得我要找的母亲的眉毛一定是和这轮弯月一样,又细又长,好看极了。周遭都寂静极了,我甚至都能听见风吹过的声音,树条儿被风吹得发出飒飒的声音,不知名的小虫在花丛里鸣叫着,我觉得一切好像都要冲着我过来一样,我的心越跳越快,越跳越快。

我是害怕的,黑色的天,安静的空间,只有我一个人,还有我分辨不出的声音，单是前面几样就像是在酝酿着某种让人不安的计划，就足以使一个女孩儿害怕。我站在原地，抬头看了看天空，想起了那个灰色的梦境、灰色的狼群，我握住自己颈间的星星。

妈妈，你会保佑我的，是吧？

我一边握着星星，一边向前走。我知道，妈妈会在一个未知的地方为我祈祷的。

我不知道我自己走了多久，等到天亮的时候我已经到了一个集市，里面有着各种各样的店，有着各种各样的人，每个人都在过着自己的生活，谁也不打扰谁。

我一路上看着每一个女人，我企图在她们中找到我的母亲。我在人群里流动，每个人都行色匆匆，谁也没空理我，谁也没有注意到有个陌生人正在看她们。我手里握着母亲给我留的星星，我相信我一定可以在H市里找到她。

忽然，我看见一个在路边摆地摊卖星星的女人。我站在人群里望着她，每一颗星星都在地上躺着，像是一个个孩子一般。她抬起头望着人群，那一瞬间，我觉得纷纷攘攘的世界一下子就都静了下来，整个世界就好像只有我们俩一样。不对，整个世界里只有她。她和父亲一样，有着很大的眼睛、挺拔的鼻子，双眼像是泉水一般地柔和。她把头发挽成一团，后面插着一根簪子，簪子的末端是一颗星星，她看起来美极了。我站在人群中凝视着她，她也朝我这边看了过来，她看着我，一动不动，然后笑了笑。她笑起来的时候和父亲像极了，都是右边的嘴角比左边的嘴角扬得高一些，双眼微眯，眼角带着一点儿皱纹，整个脸就像是一朵开了的花朵，好看极了。

我的心一惊，我迅速地走开。我知道的，是她。

我逆着人流穿过一拨又一拨的人群，我需要陌生感来消化我此刻的心情。我的脑子里都是她——她的眼睛、她的鼻子、她的笑容、她的头发。我想她的头发一定好闻极了，看起来那么干净，还有她摆在阳光下的星星。

等到了中午的时候，我很想再看她一眼，于是又去那个地方。可是等我到了那个地方的时候，她却不见了。我急步过去，那里空荡荡的，我觉得我的世界也跟着空了。我坐在她坐过的地方，我以为这样，我就能和她离得更近一些。我坐了一会儿，突然犯困，于是就坐在那里睡着了。

等我醒来的时候，她坐在我的身边。我呆呆地看着她，她穿着一身碎花的衣服，真是好看极了。她转过头来，看见我醒了，笑了笑，我也跟着笑了笑。

"你父母呢？"

我摇了摇头。

"你一个人？"

我点了点头。

"你要不要吃点东西？"

我点了点头。

十二

  那个下午，她早早地收摊，带着我回家了。她袋子里的石头，像一群嬉戏的孩子，跳个不停，满是喜悦，欢乐极了。

  她住的房间里空荡荡的，墙上挂着一张她和一个女孩的合影。我站在照片前，看了好久，总感觉那像是一种召唤一样，等着一种未知的预兆。

  "这是我的女儿。"不知什么时候她站在我的背后。

  "那现在她在哪儿呢？"我转过头问她。

  "她走了，像星星一样地飘到了空中。"说完，她就去了房间里。和父亲一样的言语。我趴在她的门口，看着她坐在床上，把头埋进自己的手臂里，肩膀不停地颤抖着。我的心不知道为何又紧了一下。

  我走了进去，拍了拍她的后背，然后抱住她，我说："我来了。"她的身子在我的怀里颤抖了一下。她的哭声从我的怀里飘出，从我的喉咙里喊出。我想起了我的父亲。

  那天下午，我和她说了我的父亲、我的奶奶、我的生活，还有我那给了我星星的母亲。

  "虽然大家都没有和我说爸爸会死，可是我觉得爸爸会死。有时候我就在想，如果我爸爸死了的话，我该如何生活下去。"

  她捋了捋我的头发说："不会的，相信我，爸爸一定会好好地活下去的，你们也一定会相互扶持地生活下去。"

  "可是我爸爸总是骂我。"

"傻孩子，"她笑着说，"那是因为大家都深深地爱着对方，你能做成他希望的那样，而他希望的那样则是最好的，尽管有时候他伤到了你。"

她抚摸着我的脸："你知道吗？我们越长越大，我们就会明白，父母给的永远都是爱，只是形式总是不同。给予的爱永远不会太多。"

"就算爱让我们做过一些傻事，但是那也总比没有爱、不曾为爱付出的好。"她像是在梦呓一般，眼神不停地向前延伸。

那天晚上，我和她一起睡。"真漂亮。"她看着我颈间的星星说。

"和你做的星星一样漂亮。"我低声说道，"这是我妈妈留给我的。"

"你妈妈的手真巧。"她摸着我的脸说。

"我爸爸也这么说。"

她搂紧了我。过了一会儿，我探出头，躺到和她一样的高度，我说："你能照顾我、照顾我的爸爸，还有我的奶奶吗？"我伸手摸着她的脸，看着她的眼睛问道。

"我只能照顾自己。"她低低地说道，"我还在等她回来。"

我知道她说的"她"是谁。

"如果你要留下来的话也可以。"她说。

"我要回去照顾我的爸爸、我的奶奶。我爸爸需要我，我奶奶需要我。"说着说着我就哭了。

她把我紧紧地拥入怀里，我嗅到了她乳房的奶香味，一下子就安心了下来。

第二天一早,我醒来之后,趴在她的耳边说:"我得回去了。"

她一下子就睁开了眼睛,紧紧地抱住我。

她赤脚下床,送我到门口。在我转身走的时候,她忽然叫住了我,她回了一趟屋子,拉着我的手,在我的手心里放了一颗星星。"这是妈妈给你的。"她说。她凝视着我,她的泪一下子就下来了。她亲吻我的额头:"再见。"

我笑了笑,抹了一下眼睛:"再见,妈妈。"

十三

在回去的车上,我觉得我的身体从未有过地膨胀,像有什么东西在我体内不停地生长。

我一回到家,就看见坐在地板上因疼痛敲打着自己头的父亲。

奶奶一见到我,就用手指着我,急忙叫父亲看我,父亲只是瞥了我一眼,就继续敲打着自己的头。奶奶走到了我的身旁,她抚摸着我的脸庞,上下打量着我,然后不住地点头。我进屋,和奶奶一起把父亲扶到床上去。

我和奶奶两人坐在地板上看着父亲,忽然父亲的脸好像因为恐惧痉挛在了一起。他挥着手说:"不要,不要……"

我疑惑地看着他,然后看着奶奶很平静地安抚着父亲,嘴里说着一些话。

在这最后的日子里,我越发地觉得奶奶的话语就像是魔法一样,我听不懂,但是她可以让父亲的神情变得和缓,她安抚着父亲,就像是安抚小孩子一样,言语里满满的祥和和温柔。父亲慢慢地变得安静,我拉起父亲的手,在他的手掌心放下她给我的那颗星星。我看着父亲,轻声说道:"爸爸,妈妈回来了。"

这样的话语在当时的情况下,是我所能表达的言语。"妈妈回来了。"我温柔地看着父亲。

父亲呆呆地看着手中的星星,愣了好一会儿,忽然他哆嗦了一下,他迅速地抽走他的手,划开了空气,在我的手中留下冰冷的风。他把手里的星星猛地摔在墙角。

星星摔成了两半。

我的眼睛一下子就湿了。父亲开始变得恍惚、不安。奶奶拍了拍我的后背,就抱着父亲,口里不住地叹息。

我坐在自己屋子的地板上,我不知道为什么会这样。

窗外,暮色四合。天空变得就像是一块幕布一样,黑色的。一颗颗星星腾空而起,像是碎钻一样地撒在布上,又像是腾空的灵魂,遥望着人间。

我忽地想起了那日我看着奶奶说:"爸爸会死吗?"

奶奶睁大了眼看了我半天,空气安静得都凝固了起来。她摇了摇头。

那个晚上,父亲叫我去他的屋子。父亲看着手上的两块坏了的星星问道:"你这是哪儿来的?"

我瞪着他。不说话。

"那么像。那么像。"他自顾自地转身粘那颗星星,日光灯下,在短短的一年时间里,他老了许多。

"是妈妈。"我说,然后看见他的肩膀颤抖了下。

在门口,我听见他低声地嘟囔着:"玲儿,咱们星星长大了。"

又开始了吗?

十四

父亲是在一个夜晚走的。就像是他说母亲一样,"你妈妈是飞走的",我的父亲也飞走了。

也变成星星飞到天上去了吗?

父亲走的时候,手里拿着那颗星星。应该是一直惦念着吧。

我到现在还记得那晚,奶奶先是压低了声音哭,而后慢慢地哭出了声,接着仿若号叫一般,声音在黑夜里不停地回荡着,就像是孩子一般,兜兜转转。

父亲的葬礼上,来了很多的人。他们说他们是我的大伯,是我的姑姑,是我的叔叔。

葬礼后,他们又都走了。

我知道，总有些物质在不停地转换着，总有些爱在血液里不停地翻滚跳动着。我觉得我的生命从未如此鲜活，它就像是一棵大树一样，慢慢地抽出了枝条。

直到父亲走的时候，我都不知道父亲患的是什么病。我只知道当所有人都去了火葬场的时候，我一个人坐在父亲屋子的地板上。绯色的天空，周围安静极了。我看到了那些构成我身体的物质，以一种不可见的身姿在我身旁不停地盘旋，当我失神地看着它们的时候，它们却早已飞逝，消失在了空中，就像是很多消失了的事一样。

我知道，它们总该有回来的一天。

对了，我有没有和你说过，在父亲走的那一晚，我又做了一个和以前一样的梦？梦里还是灰色的——灰色的天空、灰色的树木、灰色的土地。所有的枝条都在躲我，我以为我还是孤身一人。等我回过头时，我却发现，所有的枝条都在背后看着我，只是我从来没有发现。

梦境里还有一群追赶我的狼，在这个梦里，我看着它们朝我冲来，我站在它们的跟前怒视着它们。"走开！"我对着它们大吼，声音就像父亲的一样洪亮。

图书在版编目（CIP）数据

大雨将至 / 黄杰著. — 北京：北京联合出版公司，2018.1
ISBN 978-7-5596-1300-4

Ⅰ.①大… Ⅱ.①黄… Ⅲ.①短篇小说—小说集—中国—当代 Ⅳ.①I247.7

中国版本图书馆CIP数据核字（2017）第285858号

大雨将至

作　者：黄　杰
责任编辑：徐　鹏
产品经理：张其鑫
特约编辑：杨　凡

北京联合出版公司出版
(北京市西城区德外大街83号楼9层　100088)
北京联合天畅发行公司发行
天津旭丰源印刷有限公司印刷　新华书店经销
字数 160千字　880mm×1230mm　1/32　印张 8.25
2018年1月第1版　2018年1月第1次印刷
ISBN 978-7-5596-1300-4
定价：42.00元

未经许可，不得以任何方式复制或抄袭本书部分或全部内容
版权所有，侵权必究
如发现图书质量问题，可联系调换。
质量投诉电话：010-57933435/64243832